# 魏晉南北朝文學故事

【下冊】

# 魏晉南北朝文學故事（下）

# 目次


·劉義慶與《世說新語》 211
·魏晉風度：不露聲色顯雅量 217
·惠連賦雪，妙託兔園 222
·〈月賦〉：空明世界的真情抒寫 228
·聰慧放誕的王僧達 234
·劉宋群駿，馳騁翰墨 240
·孔稚珪戲諷周顒 245
·經國圖遠的「國器」：王儉 251
·蕭子良與竟陵八友 256
·碩學之士王僧孺 262
·令李白推崇的謝朓 267
·山水新體詩，自然新發現 272
·沈約與「四聲八病」 278
·被仕途埋沒才華的才盡江郎 282
·〈神滅論〉驚世駭俗，批判佛教 286
·「山中宰相」：道教思想家陶弘景 290
·藏書萬卷、三名俱盛的任昉 295
·丘遲：尺書勸降建奇功 301
·蕭衍：皇帝·佛徒·詩人 304
·博學多通的全才柳惲 308
·儒士劉勰的佛門之緣 312
·幻中出幻：鵝籠書生 316

・體短才高的中書郎王筠 320
・文人家族，劉氏三駿 324
・南齊帝裔，蕭氏群英 329
・昭明太子與《昭明文選》 335
・蕭綱：傀儡皇帝，香豔詩人 339
・江總：位高爵顯，「狎客」詩人 342
・善作淫詞豔曲的陳後主 346
・北方鵬舉，晉宋風流 351
・邢邵：博聞強記，文高位顯 356
・魏收：文才蓋世，穢史留名 361
・臣寵兩朝，詩賦俱佳的庾信 367
・王褒：被皇帝待以親戚的詩人 372
・古代教子全書：《顏氏家訓》 379
・巾幗讚歌〈木蘭詩〉 385
・魏晉南北朝的女詩人 391

## 劉義慶與《世說新語》

「讀其語言，晉人面目氣韻，恍然生動，而簡約玄澹，真致不窮。」這是明代學者胡應麟在《少室山房筆叢》中，對一部魏晉南北朝志人小說的高度評價。該書廣錄博采，成瑾璨之作，堪稱小說林中的一支奇葩。這就是蜚聲文壇的志人小說集——《世說新語》，作者是南朝宋時的劉義慶。

劉義慶，文學家，彭城（今江蘇徐州市）人。生於東晉安帝司馬德宗元興二年（四〇三年），卒於宋文帝劉義隆元嘉二十一年（四四四年），是取代東晉的劉宋王朝的宗室。年幼即為其伯父劉裕（宋武帝）所賞識，宋武帝永初元年（四二〇年）襲封臨川王，徵為侍中。後歷任散騎常侍、秘書監、度支尚書、丹陽尹等職，累加尚書左僕射、中書令，進號前將軍。因在宗室享有美名，宋武帝劉裕於元嘉九年（四三二年），派他到軍事重鎮荊州任刺史，在荊州八年小有政績。元嘉十六年（四三九年）改任江州刺史，一年後又改任南兗州刺史，尋加開府儀同三司。後因病回京城建康（今江蘇南京），不久去世，時年四十二歲。

劉義慶生性謙虛簡素，寡嗜欲。史書說他每次到任或離任時，地方迎送的財物他一概不受。愛好文義，才詞雖不多，但足為宗室之表。喜延納才學之士，遠近必至。在江州時，曾請文冠一時後升至太尉的袁淑為衛軍咨議參軍，吳郡陸展，東海何長瑜、鮑照等也被他引為佐吏。

劉義慶少年時善於騎馬，但劉宋皇帝猜忌異常，殺戮宗室，因騎馬容易被視為政治上抱有野心，他怕引起猜忌就放棄了這個嗜好。晚年奉養沙門，頗致費損。一生著述豐富，有《世說新語》八卷、志怪小說《幽明錄》三十卷、《徐州先賢傳》十卷、《集林》二百卷、《宣驗記》十三卷、《後漢書》五十八卷、《臨川王義慶集》八卷等。還仿班固的《典引》著《典敘》，大抵是敘述劉氏家族或劉宋王朝的歷史。除《世說新語》較完整地流傳下來外，其他多亡佚。

《世說新語》是魏晉南北朝志人小說中最優秀的代表作。約成書於南朝宋文帝元嘉（四二四－四五三年）時。原書稱《世說》，書名取自劉向《世說》一書（劉書已佚），也稱《世說新書》，宋朝改稱《世說新語》。原本八卷，今通行本為六卷。共分三十六個門類，略依由褒到貶的順序排列。每門各條又大致按時代先後順序排列，只「文學」門暗分為兩部分，前半部分談玄學、史學，後半部分談純文學。各門內容的多寡懸殊，多的達一百五十六條，少的僅兩條。

該書多取材於《郭子》、《語林》、《魏晉世語》、《名士傳》、《先賢傳》等小說和雜事書，可以說是當時以記言為主的軼事小說的集大成之作。由劉義慶組織其門下文士編寫而成，非他一人所撰，但歷來即署其一人之名。書中主要記載了東漢末至南朝劉宋之間士族階層的遺聞、軼事、瑣語，而以晉代為主。所談及的人物，上自帝王將相，下至士庶僧侶無不記載。對當時的士人生活處境、時人清談之風、道德品行、人物品藻、機辯趣聞、上層統治者的奢侈吝嗇等等更是錄述頗豐。

魏晉時代的名士們曾表現出一種不同於一般流俗，甚至不同於其他任何歷史時期的「魏晉風度」。他們或事清談，或重雅量，或作任誕，或作豪爽，還十分注重自己的儀容舉止，無不展示著迷人的名士風姿。《世說新語》中對此作了大量的記載。

書中〈文學〉第六則就描述了正始名士王弼的機辯風姿。在清談論辯時，沒人能和他相辯駁，於是他就自己充當辯論雙方，反覆辯論多次，與座之人，無一可及。與之同時的名士夏侯玄曾隨從魏帝拜祭皇陵，倚於松柏之下作書。時暴雨霹靂，破所倚之樹，衣服都燒焦了，而他卻神色不變，作書如故。其他賓客隨從都跌跌撞撞，站立不穩。為人熟知的竹林名士更是脫俗不凡。他們高蹈塵外，肆言老莊，以對抗虛偽汙濁的現實；他們相聚於竹林之下，飲酒賦詩，彈琴吟詠，會其得意，忽忘形骸。漢末至魏晉，天下動亂，軍閥混戰，割據稱雄。尤其西晉時，統治階級內部更是矛盾重重，王室衰微，賦役繁重，民不聊生，暴動迭起。這些雖不是此書所反映的內容，但個別地方也有所透露。如〈識鑒〉第二十二則講到前秦欲吞東晉，虎視淮陰；〈方正〉第二十二則講到東晉大將軍王敦謀逆，舉兵東下京都，欲廢晉明帝司馬紹；〈雅量〉第二十九則記述東晉大司馬桓溫欲殺謝安、王坦之之事；〈德行〉第四十五則提到了聲勢浩大的孫恩起義。

政局動盪，弊端迭起，有譏議政事者，常遭鎮壓。如〈言語〉第五、八則記載了漢末名士孔融因觸犯曹操而被殺害，中散大夫嵇康是曹魏宗室的女婿，因拒絕與當時控制朝政的司馬氏合作而遭不測（見〈雅量〉第二則）。在這種形勢下，士大夫都感到前途渺茫，個人生命無所保障，許多人為全身避害而隱逸或崇尚清談不問世事。如〈棲逸〉第十四則記德行高潔的范宣「未嘗入公門。韓康伯與同載，遂誘俱入郡，范便於車後趨下」。〈文學〉第三十一則記孫盛與殷浩清談，「奮擲麈尾」，情緒激昂，終日無暇進食，乃至互相嘲諷。而另有一些士人表現方式則為「作達」，縱酒尋樂，蔑視禮法，放誕不羈，以全身避世。如

〈任誕〉記載阮籍等縱酒放誕之事。

和崇尚清談之風密切相關的是魏晉重視對人物的品評。〈識鑒〉、〈賞譽〉、〈品藻〉、〈容止〉諸篇有不少這方面的記載。通過品評，統治者可以確立選才的標準，士人則以此為晉身之階。士族名流的品評更是一言九鼎，常可左右一個人的仕宦前途。如〈品藻〉第二十五則記評論界評溫嶠「是過江第二流之高者」，「時名輩共說人物，第一將盡之間」，還未提到他，溫嶠竟緊張「失色」。可見魏晉士人對品評的重視。

書中〈德行〉、〈賢媛〉等篇注意記載了許多道德品行方面的事；另有許多篇章則展示了魏晉名士的雅量風度和名流風姿，如〈雅量〉、〈容止〉諸篇；還有一些篇目反映了當時士族、庶族的森嚴界限，如〈忿狷〉第六則、〈方正〉第五十八則等；〈言語〉、〈文學〉、〈排調〉等篇記述了許多魏晉士人的機辯趣聞，如〈言語〉第三則講述陳韙說聰明機敏的小孔融（十歲）「小時了了，大未必佳」，孔融則回敬了一句「想君小時，必當了了」，詞鋒銳利噎人；〈汰侈〉、〈儉嗇〉兩篇則對貴族統治者的奢侈吝嗇等作了一定程度的暴露，如〈汰侈〉第三、四則分別記述了王武子用人乳餵豬和石崇用蠟燭當柴燒，〈儉嗇〉第四則寫「王戎有好李，賣之，恐人得種，恆鑽其核」。

除此以外，書中還有許多其他方面的記載，提供給我們的知識極為廣泛豐富，具有珍貴的歷史價值。該書所記多為短小精悍的佳作，具有較高的藝術性。語言精練含蓄，雋永傳神，極富表現力，注重傳達人物的精神氣韻。如〈德行〉第十一則，對待黃金，管寧視同瓦石，華歆卻「捉而擲去之」。「捉而擲」的動作就刻畫出華歆的內心活動，經不起黃金誘惑，情不自禁撿了起來，又要故作清高，只好強壓欲念而擲去。該書擅長即事見人，寥寥幾筆，即可傳神，使人物風貌歷歷在目。魯迅對其評價道：「記言則玄遠冷俊，記行則高簡瑰奇，下至繆惑，亦資一笑。」（《中國小說史略》）

自該書問世後，模仿其體裁的筆記小說漸多，如北宋王讜的《唐語林》，明代焦竑的《玉堂叢語》等等，且本書對後代其他文學作品也很有影響，一些小說、戲曲取材於此，或學習其手法，如《三國演義》中擊鼓罵曹和望梅止渴等故事即取材於此。

該書曾得梁朝劉孝標作注，注文引證史傳雜著四百多種，對了解該書內容大有裨益。

# 魏晉風度：不露聲色顯雅量

雅量指寬宏的氣量。魏晉時人講究名士風度，就是要求注意言行舉止的曠達、瀟灑，七情六慾都不能在神情態度上表現出來。不論內心活動如何，表面上都應是寬容平和、若無其事，也就是喜怒不形於色、臨危不懼、處事不驚。這才不失名士風流。《世說新語》中專列〈雅量〉一篇，記載了這風靡一時的魏晉風度。

既要做名士，就要時時持有大度之風，處處顯示出寬容之態。倘若或為物喜，或為己悲，就不免有失風度了。如〈雅量〉中載西晉太尉王衍比侍中裴頠年長四歲，關係卻不太好。一次聚會，在座的都是當時名士，有人就對王衍說：「裴令（裴頠的叔父，時任中書令）的名望有什麼呢？」王衍便稱裴頠為「卿」。這顯然是把裴頠看成晚輩，是不合禮儀的稱呼。然而裴頠卻毫無惱色，答道：「自可全君雅志。」意思是說，我自然可以成全您的高雅情趣！真可謂無故加之而不怒了。

最令人佩服的，還當屬篇中所載東吳丞相顧雍。其子不幸死在豫章郡太守任上，消息傳來時，顧雍正大聚僚屬飲酒作樂，自己則在與人對弈。外面稟報說豫章有送信人到，卻沒有他兒子的信。顧雍雖神氣不變，而心裡已明白了其中緣故，他悲痛得「以爪掐掌，血流沾褥」，直到賓客都散去了以後，才嘆氣說：「已無延陵之高，豈可有喪明之責！」因為春秋時吳國的延陵季子（即季札）最熟悉禮制，其子死時，葬喪都合乎禮，而孔門高徒子夏曾為喪子哭瞎了眼睛，受到孔子的責備。顧雍的語意是，自己既沒有季札那樣合乎禮義的高尚境界，也不要因為喪子哭瞎眼睛而受人責備。於是他放開胸懷，驅散哀痛之情，神色自若，真可謂名士之雅量。

由顧雍對弈，不禁讓人聯想到另一位名士，他也在下棋時表現出超人的鎮靜，那就是東晉宰相謝安。東晉太元八年（三八三年），前秦王苻堅發兵南侵。謝安被任為錄尚書事、征討大都督。他派其弟謝石、侄謝玄於淝水布陣，阻擊前秦之軍。一天，謝安正在與人對弈，淝水戰場上派來的信使到了。謝安看罷書信，默然無語，又慢慢地下起棋來。客人沉不住氣，忙問他淝水戰況，謝安徐徐答道：「小兒輩大破賊。」意色舉止，不異平常，不能不令人嘆服其將相之才。謝安與顧雍相比，一喜，一悲；一為公，一為私，但二者鎮定從容的表現卻是一致的。當然，由於前者關係到國家的存亡、民族的安危，因而也就更為後人傳頌。據《晉書》說，謝安下完圍棋回內室去，在跨越門檻時，因為內心實在太高興了，竟沒有察覺鞋上的木屐齒都碰斷了。可見，名士雖追求矯情鎮物的弘度雅量，他們內心的感情卻往往是非常複雜的。

處變不驚往往可以化險為夷。東晉成帝咸和三年（三二八年），蘇峻作亂。中書令庾亮率軍與之作戰，大敗，率左右十餘人乘小船奔逃。其時，叛軍正在搶掠百姓，船上的士兵就向他們射箭。不料，失手誤中舵工，舵工應弦而倒。全船人都驚慌失色，爭相散逃，唯獨庾亮神色自若，緩緩說道：「此手那（哪）可使箸賊！」意思說，這樣的射技，怎麼可以用來殺敵破賊呢？輕描淡寫一句責備，便穩住了人心，使全船皆安。這也顯示了他的大將之風。

在生死關頭體現這種氣度雅量極為出色的，還得推謝安。東晉簡文帝司馬昱死時，桓溫出鎮在外，遺詔讓桓溫輔政，但沒有滿足他更大的篡位野心，他就以為是吏部尚書謝安和侍中王坦之（字文度）從中作梗，十分憤恨。後入朝，屯兵新亭，要謝安、王坦之前去迎接，想藉機殺掉二人。據〈雅量〉第二十九則記載，當時桓溫伏甲設饌，遍請朝中百官，欲誅謝、王。王坦之甚懼，問謝安：「當作何計？」謝安神意不變，回答說：「晉阼存亡，在此一行。」意思說晉朝的存亡，就決定於我們此去的結果了，於是一同赴宴。王一時間的恐懼之情見於顏色，而謝卻鎮定從容不改平常。當謝安走上台階，快步入席時，他模仿洛陽書生的吟詠之聲，朗誦「浩浩洪流」的詩句。這是嵇康〈贈秀才入軍〉中的句子，氣魄頗為雄壯。桓溫驚懾於那種曠達的氣量，連忙撤去了伏兵，二人於是脫險。有趣的是，王坦之本來與謝安齊名，自此以後，便分出了高下，被人們認為遠遜於謝。

魏晉名士的這種雅量，不僅風靡一時，也為後人所仿效。其實，雅量需要深厚的修養，也與個人的稟賦、品格相關，並非驟然模仿可得。雖為父子不可以相傳，兄弟不可以移易。如〈雅量〉中記述王徽之、王獻之兄弟，為世矚目，不相上下。一次，二人所在房間起火，「子猷（徽之）遽走避，不惶取屐，子敬（獻之）神色恬然，徐喚左右，扶憑而出，不異平常。世以此定二王神宇」。

另外，只要沒有虛偽的表現，純任自然，不為外物所累，都可以看成雅量。一次，東晉太傅郗鑒派人到丞相王導家選女婿，王家子弟「咸自矜持」，只有王羲之「在東床上坦腹臥，如不聞」。結果恰恰因此而被選中。

此即「東床快婿」典故的由來。又如東晉時祖約（曾任豫州刺史）和阮孚（曾任吏部尚書）二人，前者好財，後者嗜屐，並各自經營，同是為外物所累。但前者處置失當，當收拾錢財而被人看見時，即「傾身障之，意未能平」；後者處置得宜，於人前蠟屐仍「神色閒暢」。相形之下，人們就認為後者頗有雅量。可見雅量還須從對比中來。

《世說新語・雅量》中共記有四十二則故事，大多都寫得生動精彩，令人佩服。當然，篇中也記載了有些士族厚顏裝出的「雅量」，只不過是提供笑料而已。

## 惠連賦雪，妙託兔園

〈雪賦〉是魏晉南北朝時期詠物賦中的名篇佳作。全賦不僅在雪景的描寫上極盡鋪排渲染之能事，而且在結構安排上也有獨到精妙之處。

歲將暮，時既昏。寒風積，愁雲繁。梁王不悅，游於兔園。乃置旨酒，命賓友。召鄒生，延枚叟。相如末至，居客之右。俄而微霰零，密雪下。王乃歌北風於衛詩，詠南山於周雅。授簡於司馬大夫，曰：「抽子秘思，騁子妍辭，侔色揣稱，為寡人賦之。」

賦的開篇，假託梁孝王於寒風四起、愁雲密佈之日，遊於兔園，文人鄒陽、枚乘、司馬相如伴駕，於是三人在兔園上演了一曲聯翩飛灑的瑞雪讚。

這篇結構獨具匠心、辭章華美飄逸的〈雪賦〉的作者，就是令著名山水詩人謝靈運夢中覓得佳句「池塘生春草」的謝氏子弟——謝惠連。謝惠連是南朝宋詩人，祖籍陳郡陽夏（今河南太康），出生於晉安帝隆安元年（三九七年），宋文帝元嘉十年（四三三年）去世。因為謝靈運與他都以詞藻見長，風格又相近，所以後人又稱二人為「大小謝」。

謝惠連的父親是謝方明，《南史‧謝方明傳》稱：「方明嚴恪，善自居遇，雖暗室未嘗有惰容。」「承代前人，不易其政；必易改者，則漸變使無跡可尋。」貴族豪士面對嚴於律己、深達政務的謝方明，均莫敢犯禁。謝方明在江陵（今湖北江陵）為官時，曾做了一件令朝野震驚的事情。年終歲尾，除夕將至，謝方明下令將獄中關押的囚徒暫放歸家，讓其與親人團聚，並規定正月初三返歸縣獄。有人力諫此事不妥，並稱：「以為昔人雖有其事，或是記籍過言，且當今人情偽薄，不可以古義相許。」謝方明沒有採納，輕重罪犯，悉放回家。期限一到，果有二犯未歸。眾人慌恐，唯有謝方明鎮定自若。其中一重犯醉不能歸，過二日返回。另有一犯，徘徊墟裡，有人想帶兵擒拿，謝方明不準。最後，鄉村鄰里將此人送歸縣獄。仕官鄉民無不嘆服謝方明的仁義之心、大膽之舉。

謝方明為政清明，但卻沒有發現兒子謝惠連的少年才氣。宋文帝元嘉元年（四二四年），謝靈運辭去永嘉太守，返回老家始寧（今浙江上虞），見到了俊逸灑脫的謝惠連，很少敬佩他人的謝靈運與謝惠連結為刎頸之交。每當謝靈運讀到謝惠連的新作時，都不免要大加讚賞，並經常說：「張華（晉文學家）重生，不能易也。」

在會稽，謝惠連與何長瑜、荀雍、羊璿之一起賞玩山水，吟詩作賦，時人謂之「四友」。其中何長瑜是謝方明請來教謝惠連讀書的老師，他也是當世頗有才學的文人，曾作四句韻語：「陸展染白髮，欲以媚側室。青青不解久，星星行復出。」來嘲諷臨川王劉義慶手下的墨客文人。世人仿效，又寫了很多言辭刻薄的語句，流傳四方，致使臨川王劉義慶大為不滿。在謝方明的府上，何長瑜並未受到應有的重視。謝靈運對謝方明說：「阿連才悟如此，而尊作常兒遇之；長瑜當今仲宣（王粲），而飴以下客之食。尊既不能禮賢，宜以長瑜還靈運。」於是，車載而去。

深受謝靈運推重賞識的謝惠連在生活中也有放蕩的一面。會稽郡吏杜德靈是謝惠連的男寵。即使是在謝惠連為父居喪期間，兩人也來往密切，並有酬答之作——五言詩十餘首。此事為朝廷所知，意欲治罪。多虧深愛其才的尚書僕射殷景仁從中周旋，方才免於處治。殷景仁對宋文帝說：「臣小兒時便見此文，而論者雲是惠連，其實非也。」宋文帝說：「若此便應通之。」

元嘉七年（四三〇年），謝惠連做了彭城王劉義康的法曹行參軍，所以後人又稱他為謝法曹。在任法曹參軍期間，「義康修東府城，城塹中得古塚，為之改葬，使惠連為祭文，留信待成，其文甚美」（《南史・謝惠連傳》）。謝惠連的〈祭古塚文〉因為所祭之人不知為誰，所以文章中流露出的人生意趣顯得更為普泛。文中有言「追唯夫子，生自何代？曜質幾年？潛靈幾載？為壽為夭？寧顯寧晦？銘志湮滅，姓字不傳。今誰子後？曩誰子先？功名美惡，如何蔑然？」這一連串的發問，豈止是對塚中之人，吊古之辭亦充滿傷今之意。

謝惠連工於詩賦。關於他的詩，鍾嶸在《詩品》中這樣評說：「小謝才思富捷。恨其蘭玉夙凋，故長轡未騁。〈秋懷〉、〈搗衣〉之作，雖復靈運銳思，亦何以加焉。又工為綺麗歌謠，風人第一。」當然時代及個人的審美趣味不同，對一個人的創作成就的評價自然有所差異。就今天來看，謝惠連的詩歌成就並不算高。詞采華美，內容貧乏，但詩中自有一些佳句奇境。如為鍾嶸看重的〈搗衣詩〉有這樣的詩句：「白露滋園菊，秋風落庭槐。肅肅莎雞羽，烈烈寒螿啼。夕陰結空幕，宵月皓中閨。」冬衣剪就，但「腰帶准疇昔，不知今是非」。意境幽遠，渾然天成。

謝惠連的賦基本上為詠物之作。〈甘賦〉、〈橘賦〉、〈白鷺賦〉等，雖然形式工巧，但缺少思想內容上的深度。在後代影響最大的是〈雪賦〉，這篇賦可算得上是他的代表作了。

全賦最精彩的部分，是託司馬相如描寫雪景的文字。

於是河海生雲，朔漠飛沙。連氛累靄，掩日韜霞。霰淅瀝而先集，雪粉糅而遂多。其為狀也，散漫交錯，氛氳蕭索。藹藹浮浮，瀌瀌弈弈。聯翩飛灑，徘徊委積。始緣甍而冒棟，終開簾而入隙。初便娟於墀廡，末縈盈於帷席。既因方而為珪，亦遇圓而成璧。眄隰則萬頃同縞，瞻山則千岩俱白。於是台如重璧，逵似連璐。庭列瑤階，林挺瓊樹。皓鶴奪鮮，白鷴失素。紈袖慚冶，玉顏掩姱。

在這段描寫中，我們看到：片片飛雪彌漫於天地之間，隨風四起，聯翩飛灑。如珪如璧，在白雪的籠罩下，萬頃曠野如同白練，座座山峰皚皚茫茫，好一派銀裝素裹的世界。在這樣的白雪面前，皓鶴白鷴失去顏色，玉女佳人羞慚難當。

當太陽升起照耀天地的時候，天地陡增無限光輝：

若乃積素未虧，白日朝鮮，爛兮若燭龍，銜耀照崑山。爾其流滴垂冰，緣溜承隅。粲兮若馮夷，剖蚌列明珠。至夫繽紛繁鶩之貌，皓皞曒潔之儀，回散縈積之勢，飛聚凝曜之奇，固展轉而無窮，嗟難得而備知。

其貌、其儀、其勢，輾轉無窮，真是用語言都很難把它的全部神姿展現出來。鄒陽聽了司馬相如的渲染鋪排，「懣然心服」，續〈白雪歌〉一首。梁王也興致勃發，欣然作結：「白羽雖白，質以輕兮。白玉雖白，空守貞兮。未若茲雪，因時興滅。玄陰凝不昧其潔，太陽曜不固其節。……值物賦象，任地班形。素因遇立，汙隨染成。縱心皓然，何慮何營？」「素因遇立，汙隨染成。」這都是外物使然，我心自有浩然正氣，存於天地之間。

全篇由雪及人，由「雪性」寫到「人情」，表現出一種超脫曠達，隨化委運的人生境界，與散漫浩潔之白雪相互生發。意境空闊高潔，語言輕巧豔麗，用典精切，描寫自然。「蘭玉夙凋，長轡未騁」的謝惠連為後人留下了一篇賞心悅目之佳作。司馬相如、鄒陽、枚乘施展才華的白雪「兔園」更是令人回味無窮。

# 〈月賦〉：空明世界的真情抒寫

南朝宋武帝永初二年（四二一年），孕育了無數風流人物的江南謝氏門閥家族又誕生了一位名垂後世的俊傑人物，他就是〈月賦〉的作者謝莊——謝希逸。謝莊風姿端莊，氣度非凡，宋文帝曾評價道：「藍田生玉，豈虛也哉。」

謝莊和眾多的謝氏家族中的名人一樣，幼年聰慧，少有才名。他的父親是宋文帝時代的名臣謝弘微，南朝梁文學家沈約曾盛讚他「簡而不失，淡而不流，古人所謂名臣，弘微當之」。

謝莊為官也和其父一樣，盡職盡責，進退有度。元嘉二十九年（四五二年），宋文帝任命他為太子中庶子。元嘉三十年，宋太子劉劭弒父篡位，江州刺史武陵王劉駿（宋孝武帝）興兵討伐。軍中所有檄文、書信均秘密交給謝莊改正，然後布告天下。可見劉駿對其人、其文的信任。宋孝武帝孝建元年（四五四年），謝莊官至左將軍。此間他鑑於朝廷選拔人才的路途狹窄，曾上疏建議廣開賢路，但未被採納。第二年，官拜吏部尚書。時年三十五歲的謝莊，疾病纏身，自請辭官。

大明五年（四六一年），又為侍中，領前軍將軍。這時的孝武帝耽於遊獵，不加節制，常常是旦出夜歸。一天夜間，孝武帝狩獵歸來，正值謝莊在守城。他擔心所遞信符可能作假，拒不打開城門，直至見到孝武帝親筆敕令，方才開門放行。事後，孝武帝詢問此事，謝莊答道：「我聽說，帝王祭祀、打獵，出入往來都有個法度。現在陛下晨往宵歸，我擔心有不法之徒詐稱聖旨，製造事端，所以唯見陛下親筆手令，方敢開門。」既是解釋，又是規勸，出語頗為機智。

謝莊不僅精於政事，還素有辯才。孝武帝曾問顏延之：「謝希逸〈月賦〉何如？」顏延之不以為然地說：「美則美矣，但莊始知『隔千里兮共明月』。」孝武帝不久即將此言說與謝莊。謝莊朗聲答道：「延之作〈秋胡詩〉，始知『生為久離別，沒為長不歸』。」針鋒相對地反唇相譏，令孝武帝拍掌叫絕，大笑不止。朝中大臣王玄謨向謝莊討教：何者為雙聲，何者為疊韻。謝莊馬上回答：「玄護（人名）為雙聲，碻磝（地名）為疊韻。」其機辯、敏捷每每如此。

出於對謝莊的賞識，孝武帝曾賜給謝莊一把寶劍。謝莊又將寶劍轉送給了豫州刺史魯爽。後來魯爽反叛朝廷，孝武帝有意難為謝莊，便問劍在何處。謝莊從容地答道：「昔以與魯爽別，竊以為陛下杜郵之賜。」杜郵（今陝西咸陽）是秦昭王令手下名將白起拔劍自刎的地方。謝莊借典巧辯，說劍是讓魯爽用來自刎的。聞聽此言，孝武帝非常高興，眾大臣也認為這是最明智的回答。

謝莊在文學上的才華，也為時人所稱讚。元嘉二十九年（四五二年）他任太子中庶子時，南平王劉鑠向朝中貢奉了一隻紅鸚鵡，宋文帝命朝臣們以此為題作賦。文冠當時的太子左衛率袁淑讀了謝莊的〈赤鸚賦〉後，慨嘆道：「江東無我，卿當獨秀；我若無卿，亦一時之傑。」說完，收起了自己的賦作。一篇〈赤鸚賦〉為他贏得才名，後來卻因一篇〈殷貴妃誄〉險些送掉了性命。

殷貴妃，《南史·后妃傳》中稱她或是為劉義宣之女或是殷琰家人。入宮後，一直為宋孝武帝寵幸。她去世後，孝武帝精神恍惚，悲不自勝。謝莊作哀策文〈殷貴妃誄〉一篇，孝武帝讀後淚流滿面地說：「不謂當今復有此才。」可孝武文穆王皇后的兒子、太子劉子業卻大為不滿，懷恨在心。宋孝武帝大明八年（四六五年）劉子業（前廢帝）即位，舊賬重提。他派人詰問謝莊，「卿昔作〈殷貴妃誄〉，有『讚軌堯門』之言，知有東宮否？」《漢書》

中記載，趙婕妤懷昭帝十四月乃生，又因傳說中的五帝之一「堯」，也是其母懷胎十四月出生的，所以漢武帝劉徹把趙婕妤居住的鉤弋宮的宮門叫做堯母門。「讚軌堯門」就是謝莊引此典故，以盛讚殷貴妃之德。劉子業把對殷貴妃的怨恨發洩到了謝莊身上，欲誅謝莊。劉子業的寵臣孫奉伯諫道：「死對於人來說都是一樣的，受一次苦也就算了。皇上您暫且把謝莊關押起來，讓一生順達的他嘗一嘗人生的所有苦處，然後再殺他不遲。」不料宋明帝劉彧旋即取而代之，謝莊得以大難不死。劉彧即位，命謝莊作詔書以大赦天下。回府休息的謝莊帶著稍許醉意，揮筆成篇，其文甚工。

宋明帝泰始二年（四六六年），謝莊去世，贈右光祿大夫，因生前還曾任金紫光祿大夫，所以後人稱之為「謝光祿」。

謝莊一生著作甚多。《宋書》本傳稱「所著文章四百餘首行於世」。張溥《漢魏六朝百三名家集》收有《謝光祿集》。詩作〈懷園引〉抒寫其懷念中原、欲歸不得的悲愁，寄寓了對元嘉北伐失敗的深深哀痛之情。詩中雜用三、五、七言，又間用楚辭體，形式獨特。但在空明世界中抒寫真情的〈月賦〉，尤為後人稱道。

〈月賦〉在結構上和謝惠連的〈雪賦〉一樣，假設陳思王曹植和王粲為主客，敘寫有關月的故事和月夜景物。但是這篇作品不像〈雪賦〉那樣專注於雪的形態的描繪，而是在廣闊的自然景象描寫中，著力體現月夜空明悠遠的精神境界，給讀者無限美的感受。

王粲受命作賦，他先敘述了一系列有關「月」的故事，表明皓月在人事上所顯示的意義。然後描寫明月籠罩下的萬物景觀：

若夫氣霽地表，雲斂天末，洞庭始波，木葉微脫。菊散芳於山椒，雁流哀於江瀨，升清質之悠悠，降澄輝之藹藹。列宿掩縟，長河韜映，柔祇雪凝，圓靈水鏡，連觀霜縞，周除冰淨。

天地澄明，蕭疏寧靜，菊散芬芳，雁流哀響。大地上的氣氛被渲染得如此精美。明月升起，月光流照於天地之間，萬物都被融融的月色淨化得雪水冰霜般的瑩潔。如雪的大地，如水的夜空，無不渲染出皓月的光輝，無一字寫月，但無一字不包容著無限的月色清輝。

月夜景色是迷人的，卻又是清寂空冷的。在這孤寂美妙的空明世界裡，不由得使人悲懷傷遠，不禁歌道：

美人邁兮音塵闕，隔千里兮共明月；臨風嘆兮將焉歇，川路長兮不可越。月既沒兮露欲稀，歲方晏兮無與歸；佳期可以還，微霜沾人衣。

這反覆的吟唱與開篇「怨遙」、「傷遠」相呼應，充溢著對賢友的無盡哀思與惆悵情懷。

這篇賦構思新穎奇特，意境清麗優美，文辭流暢精湛。從寫景方面看，「不著一字，盡得風流」；從抒情方面看，「深情婉致，具有味外之味」。敘事與抒情緊密融合，勾畫出了月夜的靜謐深邃，細膩中盡顯飄逸之格調。

「玉生藍田」的謝莊，終以〈月賦〉一作名垂青史，千百年間餘音繞粱。

# 聰慧放誕的王僧達

王僧達，瑯琊臨沂（今山東臨沂）人，南朝宋文學家。生於宋少帝景平元年（四二三年），去世於宋孝武帝大明二年（四五八年）。

王僧達的父親就是參奏謝靈運殺死門人桂興的王弘。東晉滅亡後，王弘在劉宋王朝為官。稱帝後的劉裕志滿意得，對群臣說：「我本來是個平民百姓，沒想到會有今天啊！」傅亮及眾臣聽後，均躍躍欲試，想撰文讚劉裕的文治武功。王弘說：「此所謂天命，求之不可得，推之不可去。」這樣一句沉穩簡潔的話語就打消了眾人的念頭。

王僧達的叔叔王曇首深受宋文帝劉義隆的賞識。他去世時，王弘淚流不止，悲痛欲絕，可是在外人面前他從不將悲傷流露出來。彭城王劉義康問傷心至極的宋文帝：「曇首既為家寶，又為國器，弘情不稱，何也？」宋文帝答道：「賢者意不可度。」

王僧達身為王弘之子，既繼承了其父聰慧捷敏之性，但又有很多方面與其父大相異趣。

當年王弘在揚州為官時，王僧達只有六七歲，常偷覽訟狀。王弘認為他是個小孩子，開堂審案時，就把他留在了身邊。在公堂上，年幼的王僧達把訴狀倒背如流，一句不差。十幾年後，宋文帝聽說王僧達早慧，便在德陽殿召見了他。應對答問之間，王僧達盡顯機敏自如之靈氣。宋文帝愛其才華，將臨川王劉義慶之女許配給了他。

王僧達喜好駕鷹逐犬，常和鄉里少年進山打獵。他還有個特殊的嗜好，就是宰牛。臨川王劉義慶感到將女兒嫁給這樣一個人，很不放心，於是派名僧慧觀前去訪察。王僧達陳書滿席與慧觀談文論道，常令慧觀應對不暇。慧觀回去後，在劉義慶面前美言相加。這期間，宋文帝任命他為太子洗馬。

王僧達有個哥哥叫王錫，為人樸實木訥，缺少瀟灑氣度。王僧達和這個哥哥向來不和。王錫在離任回京時，積攢的錢財達百萬以上。王僧達便讓手下人劫掠一空。後來，在任吳郡太守時，他又犯劫掠惡行。吳郡（今浙江杭州）有一座西臺寺，廟裡的僧人非常富有。王僧達求要不得，便派主簿顧曠率領一班人馬劫掠寺中僧人，得錢數百萬。從他兩次劫掠之事，人們可以看到王僧達是個喜愛錢財、不受任何禮義法度約束的狂人。

為母服喪期滿，王僧達被任命為宣城太守。來到宣城（今安徽宣城），他遊獵的嗜好依舊如故，肆意馳騁，多則五日，少則三天。民間訴訟大多在遊獵處辦理。有不認識他的百姓向他詢問：「太守在哪兒？」王僧達回答：「很近，就在你的身後。」待到來人回轉身去，王僧達哈哈大笑，放誕之中蘊含著幽默。

元嘉二十八年（四五一年），北魏拓跋氏危逼京城，王僧達請命進京護駕，立下功勞。然後到義興（今江蘇宜興）為官。

元嘉三十年，宋太子劉劭殺死宋文帝劉義隆。武陵王劉駿（宋孝武帝）興兵討伐，檄文遍達州郡。鎮北大將軍沈慶之對人說：「虜馬飲江，王出赴難（指元嘉二十八年之事），見其在先帝前，議論開張，執意明決，以此言之，其必至也。」果如此言，此間王僧達被授為長史。劉駿即位，他被任命為尚書右僕射；不久受命出使南蠻，任南蠻校尉，加征虜將軍。

兩次關鍵時刻的赴難，並未給王僧達帶來好運。不久，他又被任命為護軍將軍，很不得志。於是他又要求到徐州（今江蘇徐州）為官，孝武帝不準。力陳之下，孝武帝任命他為吳郡太守。一年之內五次遷官，使他很不開心。王僧達自恃才高，頗為自負。他曾認為，自己在一年之內可官至宰相。從他的「亡父亡祖，司徒司空」（父王弘官至司空，祖父王珣官至司徒）的言語中，就可看出他在仕途上的雄心壯志。

孝武帝孝建元年（四五四年）、孝建二年，王僧達兩次被免官，官場不稱意的王僧達更加狂放。孝武帝劉駿單獨召見他。王僧達神色傲然，頗不謙恭，兩眼直瞪瞪地注視孝武帝。待他走後，孝武帝氣憤地說：「王僧達非狂如何？乃戴面向天子。」同僚顏師伯聽說此事，急忙趕到王僧達府上勸說他。可是王僧達說：「大丈夫寧當玉碎，安可以沒沒求活。」顏師伯見到此情此景，生怕再討沒趣，猶豫一陣，便告退了。

對皇帝如此，對大臣更不例外。朝中顯宦何尚之曾於元嘉二十年（四四三年）辭官歸隱，並作〈退居賦〉以明其志。孝武帝時，復又為官。此時官拜尚書令的何尚之在自家建了一座八關齋，朝中大臣都來行香。見到王僧達，何尚之說：「願郎且放鷹犬，勿復遊獵。」可王僧達故作接受地說：「家養一老狗，放無去處，已復還。」一語雙關，顯然是在罵何尚之為去而復來的老狗。眾人面前，何尚之大驚失色，威風掃地。

黃門侍郎路瓊之是路太后兄路慶之的孫子，他的府第和王僧達相鄰。路瓊之深慕其名，前去拜訪已因文學名望官至中書令的王僧達。這時，王僧達已經換好衣服，準備出去打獵。路瓊之進屋坐下後，王僧達心中不快，不願多語。他見路瓊之沒有走意，便問：「以前我家有個馬前卒路慶之，他是你的什麼親戚呀？」路瓊之聞聽此言，發覺事情不妙，急忙離去。可是王僧達不肯罷休，又下令燒了路瓊之坐過的床。路太后聞之，大怒，向孝武帝哭訴：「我尚健在，就有人敢欺負他；我死後，瓊之還不得去要飯啊！」孝武帝無奈地說：「瓊之也太小孩子氣了，沒事去看什麼王僧達，被他汙辱純粹是自找的。王僧達是貴公子，豈能因這點小事治罪呢。」路太后聽了這話，狠狠地說：「我與王僧達不共戴天。」

皇帝、大臣、太后均不在他的眼裡，才高氣傲、率情任性的王僧達為自己埋下了禍根。宋孝武帝大明二年（四五八年），高闍等人聚眾謀反。孝武帝因王僧達屢次犯上，而無改過之心，便把他定為高闍同黨，收捕入獄。

孝武帝下詔，詔書中說，王僧達「輕險無行，暴於世談」，「公行剽掠」，「倚結群惡，誣亂視聽」，「朕每容隱，思加盪雪，曾無犬馬感恩之志，而炎火成燎原之勢……」，「朕焉得輕宗社之重，行匹夫之仁」。賜其自盡，時年三十六歲。聰慧令他走上了仕宦之途，放誕讓他送掉了性命。

放誕的王僧達在生活中還有另外一面，他在做太子洗馬時，寵愛軍人朱靈寶。做宣城太守時，朱靈寶年齡已長，王僧達詐稱朱靈寶已死，偷偷地把他帶到宣城，改名換姓，並為他謀官。事情敗露後，王僧達遭到拘禁。拘押期間，他上疏孝武帝，自稱得罪了權貴，方有此難。另外王僧達的族中子弟王確，美貌英俊，王僧達對他也是寵愛有加。後來，王確的叔叔王休出任永嘉太守，準備帶走王確。王僧達想把他強行留下。王確知道他的意思，故意躲避他。惱羞成怒的王僧達，偷偷地在屋後挖了一個大坑，準備坑殺王確。但此事被王僧達的叔伯兄弟王僧虔勸止。可見王僧達的放誕不羈，已接近於一種瘋狂的病態。

鍾嶸在《詩品》中將王僧達與謝瞻、謝混、袁淑、王微放在一起論評，共為中品。鍾嶸認為，這五個人的詩風「其源出於張華。才力苦弱，故務其清淺，殊得風流媚趣」。而五人中，謝瞻、謝混居次，袁淑、王微殿後，王僧達當居群俊之首。

王僧達一生著述頗豐，也曾結集，但均散佚，留傳至今的五言詩有四首，其中〈答顏延年〉、〈和琅琊王依古〉較為著名。在〈和琅琊王依古〉中有這樣的詩句：「仲秋邊風起，孤蓬捲霜根。白日無精景，黃沙千里昏。」王僧達用自然清淺的詩句，為我們勾畫了一幅壯闊的「北方秋日風沙圖」。其文也是辭采飛揚，聲情並茂，代表作品當屬〈祭顏光祿文〉。

# 劉宋群駿，馳騁翰墨

提起劉宋文學，人們自然會想起「元嘉三大家」——謝靈運、顏延之、鮑照，其他很多騷人墨客常被湮滅在他們的光輝之中。那些被湮滅的騷人墨客，雖不璀璨奪目，但也星光閃爍，為浩瀚的銀河增添了無窮魅力。鍾嶸在《詩品》中對宋豫章太守謝瞻、宋僕射謝混、宋太尉袁淑、宋徵君王微、宋征虜將軍王僧達等作過這樣的評價：「其源出於張華。才力苦弱，故務其清淺，殊得風流媚趣。課其實錄，則豫章、僕射，宜分庭抗禮。徵君、太尉，可託乘後車。征虜卓卓，殆欲度驊騮前。」不管這些人在鍾嶸心目中地位如何，他們的創作終如群駿馳騁，翰墨飛揚，為後人勾畫出無數新的文學風景。

謝瞻，字宣遠，出生於晉孝武帝司馬曜太元十二年（三八七年）。他六歲能文，作〈紫石英讚〉、〈果然詩〉，為當時才士所讚賞。一次，友人相聚，謝瞻作〈喜霽詩〉一首，謝靈運妙筆書之，謝混朗聲誦之，在座人等莫不嘆服，讚為「三絕」。

謝瞻是有江左「楊修」之稱的謝晦的哥哥，雖是同母所生，但心性不同。在動盪的時局中，謝晦追功求名，謝瞻力圖自保。在族中子弟歡宴時，謝靈運曾問眾人：「潘岳（字安仁）、陸機（字士衡）與賈充（字公閭）相比，誰優誰劣？」謝晦搶先回答：「安仁諂於權門，士衡邀競無已，並不能保身，自求多福。公閭勳名佐世，不得為並。」謝靈運頗有不服，說道：「安仁、士衡才為一時之冠，方之公閭，本自遼絕。」謝瞻聽罷二人此番辯論，正色說道：「若處貴而能遺權，斯則是非不得而生，傾危無因而至。君子以明哲保身，其在此乎。」三人的心性不同，由此可見一斑。謝瞻就是常以這種人生觀念教導其弟謝晦的。他曾多次向宋武帝劉裕陳請：「臣本素士，父祖位不過二千石。弟年始三十，位任顯密，福過災生，特乞降黜，以保衰門。」懼禍心理無不瀰漫。宋武帝欲任用謝瞻為吳興太守，在他的百般推脫下，最後出任了豫章太守。

謝晦聲名越來越盛，謝瞻憂懼之情也越來越深，甚至生病後也不加療治，於宋武帝永初二年（四二一年）去世，時年三十五歲。他臨終前囑咐謝晦說：「吾得歸骨山足，亦何所多恨。弟思自勉，為國為家。」然而謝晦對此置若罔聞，終招殺身之禍。

袁淑，字陽原，出生於晉安帝司馬德宗義熙四年（四〇八年）。少有風氣，博涉多通，文采遒豔，縱橫有才辯。不好文學的彭城王劉義康雖授他以司徒祭酒，禮遇相加，但內心對他並不重視。即便如此，當劉湛想讓他投到自己門下時，他仍不改其志，由是與劉湛結下私怨。對此，袁淑曾賦詩曰：「種蘭忌當門，懷璧莫向楚。楚少別玉人，門非植蘭所。」落拓不羈若此。宋文帝劉義隆元嘉二十六年（四四九年），升為尚書吏部郎。後來他又到始興王劉濬府上做徵北長史。袁淑初到劉濬府上時，劉濬說：「到這裡來是不是委屈你了？」袁淑答道：「朝廷遣下官，本以光公府望也。」劉濬為了戲弄他，曾送錢三萬，過了一夜又派人取回，說是送錯了。袁淑寫信給劉濬，信中說：「聞之前志曰：『七年之中，一與一奪，義士猶或非之。』況密邇旬次，何其裒益之亟也。竊恐二三諸侯有以觀大國之政。」義正辭嚴，既維護了自己的尊嚴，又將劉濬置於不義之地。後來，袁淑又被升為太子左衛率。

宋元嘉三十年（四五三年），宋文帝劉義隆與太子劉劭之間的矛盾越來越深。在早春二月的一天夜裡，劉劭將中庶子蕭斌及太子左衛率袁淑、中舍人殷仲素叫到東宮，流著眼淚對眾人說：「主上聽信讒言，準備把我廢除。我自問沒有過錯，不能受此冤枉。明天我要做件大事。」眾人驚愕。過了許久，袁淑、蕭斌說：「自古無此，願加善思。」劉劭臉色驟變，蕭斌害怕地說：「我們會盡力遵命行事。」袁淑呵斥蕭斌道：「你以為殿下真的要這樣做嗎？殿下小時患過瘋病，現在是舊病復發。」劉劭心中更加惱怒，便瞥著袁淑說：「事當克否？」袁淑回道：「居不疑之地，何患不克。但既克之後，為天地所不容，大禍亦旋至耳。」劉劭身邊的人將他拉出說：「這是什麼事情，怎麼能中止不做呢？」袁淑回到官署，繞床徘徊，四更方睡。凌晨，劉劭與蕭斌同乘一車，急叫袁淑。袁淑睡覺不起，待他慢慢吞吞地來到車後時，又一再推辭，不肯上車。劉劭大怒，下令殺死了袁淑，旋即闖入宮中，殺死了宋文帝劉義隆。五月，劉駿即位，劉劭被處死，袁淑被追贈為侍中、太尉，謚號忠憲公。從袁淑對待劉湛和劉劭的態度看，他可說是個持節有度之士。

袁淑一生創作數量不多，但水平較高。張溥在《漢魏六朝百三名家集》的題詞中云：「袁淑詩章雖寡，其摹古之篇，風氣競逼建安。此人不死，顏謝未必能出其上也。」其詩作氣概豪邁，文勢縱橫。

王微，字景玄，出生於晉義熙十一年（四一五年），去世於宋元嘉二十九年（四五二年），伯父王弘，叔父王曇首，父王孺。他是王氏家族中又一才子，年少好學，文章精美，工於書法，又解音律及醫方卜筮陰陽之術。可是他的生活幾近怪僻，常獨處一室，尋書玩古，終日端坐床上，腳不著地，床席四處佈滿塵埃，只有身下頗為潔淨。他的弟弟王僧謙也有才名，患病後服用了他所開之方，由於劑量失當而誤死。王微深深自責，待自己患病時不再自療。王僧謙去世後一個多月，王微也辭世而去，時年三十八歲。

王微初為始興王劉浚幕僚，後又做南平王劉爍咨議參軍。因為他素無宦情，所以宦職不顯。

《南史．王微傳》稱：「微為文好古，言頗抑揚，袁淑見之，意為訴屈。」陳延傑在《詩品注》中說：「王微詩頗婉曲。」袁淑與陳延傑的評價都較為中肯。在他所存不多的詩作中，〈雜詩〉較能代表他的風格。全詩首四句以第二人稱的筆法，為我們摹寫了一個登高眺望，自然生情的思婦形象，「弄弦不成曲，哀歌送苦言」見其相思心切。後十二句以第一人稱抒情、寫景，使讀者在玩其景時，而會其情。「日暗牛羊下，野雀滿空園。孟冬寒風起，東壁正中昏。」深冬的淒寒與內心的淒苦相生相映。結尾二句「誰知心曲亂，所思不可論」更加深了全詩的悲劇氣氛。巧妙的結構變化，出色的襯托、對比等藝術手法的運用，使全詩情感流轉自然，以清淺之辭造出孤苦意境。

劉宋群駿馳騁翰墨，盡情揮灑。然而他們的清淺詩風，卻一以貫之，獨具風流妙趣。雖然各人詩作所存不多，但這已足夠我們賞玩不已了。

# 孔稚珪戲諷周顒

〈北山移文〉在南朝駢文中是藝術成就很高的一篇作品，《昭明文選》、《六朝文絜》都分別加以選錄。在《古文觀止》中，東晉至六朝的文章選錄很少。其中，東晉取王羲之的一篇〈蘭亭集序〉，陶淵明的〈歸去來兮辭〉、〈桃花源記〉、〈五柳先生傳〉三篇。而南朝宋、齊、梁、陳四代只取一篇，即〈北山移文〉，可見其在選家心目中的地位。

〈北山移文〉的作者是跨宋、齊兩代的文學家孔稚珪。孔稚珪，字德璋，會稽山陰（今浙江紹興）人。出生於南朝宋文帝劉義隆元嘉二十四年（四四七年），去世於齊東昏侯蕭寶卷永元三年（五〇一年）。

移文是一種官府文書，而作者卻將其用於描寫自然及人物，用擬人化的手法賦予鍾山草堂及鐘山風物以人情、人性，進而達到指斥譏諷假隱士「周子」的目的。文章開篇即寫鐘山之英、草堂之靈騰雲駕霧地驅馳於驛路上，在山庭鐫刻聲討周子的移文，布告山川草木，以阻止周子再辱聖地。

在鍾山之英、草堂之靈看來，真正的隱士應有「耿介拔俗之標，瀟灑出塵之想，度白雪以方潔，乾青雲而直上」的品格，或有「亭亭物表，皎皎霞外，芥千金而不眄，屣萬乘其如脫，聞鳳吹於洛浦，值薪歌於延瀨」的心性。然而山林隱逸之地也確有「終始參差，蒼黃翻覆」，「乍回跡以心染，或先貞而後黷」這樣的走終南捷徑的虛偽之人，周子就是其中的典型。文章以鍾山之英、草堂之靈為視角，盡情地展示了周子的表現。「其始至也，欲將排巢父，拉許由，傲百氏，蔑王侯，風情張日，霜氣橫秋。或嘆幽人長往，或怨王孫不游。談空空於釋部，核玄玄於道流。」在這裡作者通過「排、拉、傲、蔑、嘆、怨、談、核」八個動詞活畫出此時周子的風度情致。可是「及其鳴騶入谷，鶴書赴隴，形馳魄散，志變神動。爾乃眉軒席次，袂聳筵上，焚芰製而裂荷衣，抗塵容而走俗狀」。前面大肆稱譽，後面筆勢一跌千丈，對比中造成強烈的滑稽感。面對如此周子，「風雲淒其帶憤，石泉嚥而下愴。望林巒而有失，顧草木而如喪」。山中景物為其變節而傷感氣憤。擬人化的筆法妙趣橫生。文章藉周子譏刺了那些身在山林、心存魏闕的假隱士。

呂向在《文選六臣注》中對此文有這樣的註釋：「鐘山在都（建康，今南京）北。其先周彥倫（周顒）隱於此山，後應詔為海鹽縣令，欲卻過此山。孔生乃假山靈之意移之，使不許得至。」此種觀點影響到後人，漸漸地人們在周子與周顒之間畫上了等號。

周顒，字彥倫，汝南安城（今河南汝南東南）人。初為宋海陵國侍郎，轉為歷鋒將軍，後為剡令。入齊，為長沙王參軍，遷山陰令，後任中書郎，兼著作，轉國子博士，一生為官，從無隱逸之舉。《南齊書·周顒傳》記載，「顒於鍾山西立隱舍，休沐則歸之」。這裡的鍾山隱捨不過是假日休息的「別墅」罷了。由此觀之，文中的周子並不能完全等同於歷史上的周顒。

孔稚珪一生都在做官。且《南齊書·杜京產傳》中記載，齊武帝蕭賾永明十年（四九二年），孔稚珪等人聯名上表，在盛讚杜京產掛冠辭世的高士之風後，說道：「謂宜釋巾幽谷，結徂登朝，則岩谷含歡，薜蘿起忭矣。」在孔稚珪看來，結束隱逸而出仕是令山歡谷笑、薜蘿見喜的好事。可見孔稚珪對為官並不憎惡，對隱逸也非特別標舉。

孔稚珪生性善謔，「不樂世務，居宅盛營山水，傍無雜事」。門庭之內草艾叢生，從不修剪，蛙鳴鼓譟不絕於耳。有人問他：「你想效仿東漢高潔之人陳蕃嗎？」孔稚珪回答：「我以蛙鳴為樂隊，何必要學陳蕃呢？」同僚王晏曾以樂隊迎請孔稚珪，王晏聽到群蛙齊鳴不禁說道：「太鬧人啦。」孔稚珪笑答：「我聽鼓吹，殆不及此。」由此可知，孔稚珪的生活中有很多不合世俗常理的地方。

歷史上的周顒，也是個機言巧辯、善開玩笑的人。史稱：「顒音辭辯麗，出言不窮，宮商朱紫，發口成句。」他崇信佛教，清心寡欲，每日以蔬菜為食，雖有家室，但好獨處山舍。衛將軍王儉曾問過他：「卿山中何所食？」周顒答道：「赤米白鹽，綠葵紫蓼。」赤、白、綠、紫，工巧精妙。國子祭酒何胤也篤信佛教，所以不曾娶妻。文惠太子蕭長懋意欲以此難倒周顒，便問：「卿精進何如何胤？」周顒說：「三塗八難，共所未免，然各有其累。」太子又問：「所累伊何？」周顒說：「我雖娶妻，但不吃肉；何胤無妻，但他吃肉。」女色、肉葷都為佛家所忌，以此言之，太子心服。

據史書記載，孔稚珪與張融、何點、何胤是至交，周顒與此三人也是好友。史書上雖無孔、周二人交往的明錄，但以此觀之，二人極有可能也是過從甚密的好友，即非如此，他們也不會是怨恨極深的政敵。現在，我們已無從查考〈北山移文〉的具體寫作背景了。即便周子是歷史上的周顒，但從孔稚珪、周顒一生經歷及品性上看，〈北山移文〉應是一篇俳諧之作，文章旨歸也應是二人間的遊戲文字，但客觀上講，文章還是有較深刻的社會意義的。

在這篇戲諷之作中，寫人繪景鮮明生動，敘述交代幽默風趣，可以說是孔稚珪才情的充分展示。

使我高霞孤映，明月獨舉，青松落蔭，白雲誰侶？澗戶摧絕無與歸，石逕荒涼徒延佇。至於還飆入幕，瀉霧出楹，蕙帳空兮夜鵠怨，山人去兮曉猿驚。昔聞投簪逸海岸，今見解蘭縛塵纓。於是南岳獻嘲，北隴騰笑，列壑爭譏，攢峰竦誚。慨遊子之我欺，悲無人以赴弔。故其林慚無盡，澗愧不歇，秋桂遺風，春蘿罷月。

其文屬對精工，文辭華美，聲調和諧。自然風物被當做有靈性的東西來寫，形象更為鮮明，感情也格外濃厚。鋪排渲染之中，不堆砌典故辭藻，充滿自然飛動的靈活之氣。擬人與景物的妙合造成雙重效果，即人的情感表達和景物的審美。

全篇除主要運用駢四儷六的句式外，還間以三、五、七言等各種句法。除對偶句外，還穿插了若干關聯語句，並在句與句間成功地運用了一些虛詞來聯繫，自然精妙，轉換得法。

許槤在《六朝文絜》中對此文稱讚道：「此六朝中極雕繪之作，煉格煉詞，語語精警……當與徐孝穆（徐陵）〈玉臺新詠序〉並為唐人軌范。」相傳，形象鮮明、富有詩意的「使我高霞孤映，明月獨舉，青松落蔭，白雲誰侶」四句，令宋代文章大家王安石嘆為觀止。

錢鍾書在《管錐編》中對〈北山移文〉有極為中肯的評價：「按此文傳誦，以風物刻畫之工，佐人事譏嘲之切，山水之清音與滑稽之雅謔，相得益彰。」

# 經國圖遠的「國器」：王儉

南朝梁代鍾嶸在《詩品》中指稱各代作家詩人時，多採用這樣一種方式：朝代、官職（或封號）、姓名三者合用。例如，有「江郎才盡」之稱的江淹被稱為「齊光祿江淹」；「七步成詩」的曹植被稱為「魏陳思王曹植」；而齊人王儉則較為特殊，他被稱為「齊太尉王文憲」，文憲是王儉的謚號。《南齊書・鍾嶸傳》云：「嶸，齊永明中為國子生。衛將軍王儉領祭酒，頗賞接之。」由此可知，鍾嶸以王儉為師，故在《詩品》中，王儉被獨稱謚號。鍾嶸對老師王儉的五言詩作有這樣的評價：「至如王師文憲，既經國圖遠，或忽是雕蟲。」意為：至於我的老師王儉，他既然胸懷治國宏略，也許就不太注重雕蟲小技的詩道了。經國圖遠的王儉在詩歌創作上成就不高，但文章寫作卻有很深的造詣，《南史・王儉傳》稱「手筆典裁」，為當時所重。

王儉，字仲寶，生於宋文帝劉義隆元嘉二十九年（四五二年）。他的祖父王曇首曾深受宋文帝劉義隆賞愛，被稱為「國器」。王曇首去世時，宋文帝悲慟欲絕地說：「王詹事所疾不救，國之衰也。」其父王僧綽，幼有大成之度，不以才能高人，深受宋文帝的信任。元嘉末年，太子劉劭結交武士意欲篡位，王僧綽密報宋文帝。宋文帝命其輯錄漢魏以來廢嗣之事，但廢嗣之事未決，劉劭已弒父篡位了。劉劭任命王僧綽為吏部尚書，不久奏議廢嗣之疏被劉劭發現，王僧綽被害，時年二十六歲。宋孝武帝劉駿即位，王僧綽被追贈為金紫光祿大夫。

王僧綽死後，王儉由他的叔叔王僧虔撫養成人。王僧虔對侄子有這樣的評價：「我不患此兒無名，正恐名太盛耳。」因此，王僧虔書錄崔子玉〈座右銘〉勉誡王儉，銘曰：「……世譽不足慕，唯仁為紀綱。隱心而後動，謗議庸何傷？無使名過實，守愚聖所臧。……行之苟有恆，久久自芬芳。」在其叔父的教導下，王儉修身養性，頗有美名。丹陽尹袁粲見到他後，讚嘆道：「宰相之門也。栝柏豫章雖小，已有棟梁氣矣，終當任人家國事。」宋明帝劉彧愛其才德，將陽羡公主下嫁與他，拜駙馬都尉。

宋泰始五年（四六九年），王儉入仕為官，官拜秘書郎、太子舍人，後又破格提拔為秘書丞。這其間，王儉仿劉歆《七略》撰《七志》四十卷，此外，還撰定《元徽四部書目》一部，現已散佚。

劉宋王朝日漸衰微，蕭道成的力量越來越大。在複雜的權力鬥爭中，王儉加入了蕭道成的政治集團。王儉素知蕭道成有稱帝之心，一日他與蕭道成言道：「功高不賞，古來非一，以公今日，欲北面居人臣，可乎？」蕭道成正色制止，但內心喜悅。王儉見此又言道：「儉蒙公殊眄，所以吐難所吐，何賜拒之深。宋以景和（前廢帝劉子業年號）元徽（後廢帝劉昱年號）之淫虐，非公豈復寧濟。但人情澆薄，不能持久，公若小復推遷，則人望去矣，豈唯大業永淪，七尺豈可得保？」蕭道成笑道：「卿言不無理。」在王儉的輔佐下，蕭道成最終稱帝，建立南齊。

南齊建立後，齊高帝蕭道成晉升王儉為尚書右僕射，領吏部。這一年王儉剛剛二十八歲。蕭道成為了彰表王儉的佐命之功，意欲厚封王儉，王儉回答：「昔宋祖（劉裕）創業，佐命諸公，開國不過二千，以臣比之，唯覺超越。」齊高帝笑答：「張良辭侯，何以過此。」王儉的進退有度，不能不說與王僧虔的教誨有關。

南齊初創，各種朝綱制度都較為混亂，王儉精思密慮，屢有奏議，蕭道成也是無不准奏，言聽計從，朝綱禮制漸入正軌。為此，齊高帝讚賞曰：「今天為我生儉也。」齊高帝蕭道成去世時，在遺詔中任命王儉為侍中、尚書令、鎮軍。齊武帝蕭賾即位，對王儉仍任用不疑，官吏任免，均依其所奏。永明七年（四八九年），權傾朝野的王儉因病去世，時年三十八歲。

王儉一生可說與其父、其祖一樣，都因深達政體，而被帝王厚遇。《南史・王儉傳》稱：王儉「當朝理事，判決如流。每博議引證，先儒罕有其例，八坐丞郎，無能議者。令史咨事，賓客滿席，儉應接銓序，傍無留滯。」王儉不僅滿腹經綸，精於政務，在儀表風範上，也頗能率風氣之先。他常梳「解散髻」，斜插髮簪，朝野豔羨，爭相效仿。因此，王儉常對人說：「江左風流宰相，唯有謝安。」此話實為自況。

王儉作為佐命之臣，在文學成就上自然以策表之文著稱。此類文章的代表作有：〈高帝哀策文〉、〈皇太子妃哀策文〉、〈讓左僕射表〉、〈褚淵碑文并序〉等，這些雖都是些歌功頌德的文字，但行文時的辭采氣勢頗能見出王儉的文學功力。

受政治生活的影響，王儉所存詩作多是酬唱贈答、奉詔應侍之作。鍾嶸所說「忽是雕蟲」，實是委婉地道出了他詩歌創作成就不是很高的事實。他在〈侍皇太子九日玄圃宴〉詩中有一段較為出色的景物描寫：「秋日在房，鴻雁來翔。寥寥清景，靄靄微霜。草木搖落，幽蘭獨芳。」意境清淡悠遠，蕭索中不顯凄涼之氣，明麗幽靜，但全詩缺少內在的真情。〈贈徐孝嗣〉在景物描寫中不乏真情實感：「之子雲邁，嗟我莫從。歲雲暮止，沭職戒行。

崇蘭罷秀，孤松獨貞。悲風宵遠，乘雁晨征。撫物遐想，念別書情。」王儉將不能隨友而去的遺憾、友人離去後的孤獨完全寄於蘭、松、風、雁這些意象上，但全詩在意境創造上，仍顯缺少新意。在王儉所存的詩作中，倒是一首抒情言志之作〈春日家園詩〉較為出色：

徙倚未雲暮，陽光忽已收。羲和無停晷，壯士豈淹留。冉冉老將至，功名竟不修。稷契匡虞夏，伊呂翼商周。撫躬謝先哲，解紱歸山丘。

全詩以暮雲、夕陽起興，慨嘆生命易逝，時光迫人。然後抒寫激昂的宰臣之志，功成身退的瀟灑情懷。此詩能夠直抒胸臆，酣暢淋漓，氣勢頗為豪邁。

對於南齊王朝，王儉可謂忠心耿耿，鞠躬盡瘁。但仕宦生涯限制了王儉文學才能的進一步發揮，這也不能不說是一種遺憾。

# 蕭子良與竟陵八友

「竟陵八友」是我國文學史上較為著名的文學團體之一。它的形成與南齊竟陵王蕭子良有著極為密切的關係。《梁書・武帝本紀》記載：「竟陵王子良開西邸，招文學，高祖（蕭衍）與沈約、謝朓、王融、蕭琛、范雲、任昉、陸倕並游焉，號曰八友。」八友中，蕭衍以梁代齊，沈約創「四聲八病」，謝朓以山水詩著稱於世，任昉以奏策之文贏得盛譽，其他人等亦各有千秋。

蕭子良，字雲英，南蘭陵（今江蘇常州西北）人，生於宋孝武帝劉駿大明四年（四六〇年）。當年他的父親蕭賾在贛縣為官時，與夫人裴氏不和。蕭賾準備用船送裴氏回京，年幼的蕭子良在院中流露出不快的神色。蕭賾問：「你為什麼不去讀書？」蕭子良回答道：「娘今何處？何用讀書。」蕭賾對蕭子良的成熟聰敏感到非常驚奇，便馬上派人把裴氏從船上接了回來。

蕭賾即位，封蕭子良為竟陵王。齊武帝蕭賾永明二年（四八四年），任命蕭子良為司徒，永明四年進車騎將軍。蕭子良品性高潔，不屑俗務，禮賢好士，傾意賓客，天下才學之士皆匯至門下。他組織文士們抄五經百家，編成《四部要略》千卷，並且廣招天下名僧，講論佛法，門庭若市。《南史・蕭子良傳》記載：「又與文惠太子（蕭長懋）同好釋氏（釋迦牟尼所創佛教），甚相友悌。子良敬信尤篤，數於邸園營齋戒，大集朝臣眾僧，至賦食行水，或躬親其事，世頗以為失宰相體。勸人為善未嘗厭倦，以此終至盛名。」

齊武帝去世，皇太孫蕭昭業即位。武帝遺詔令蕭子良輔政，蕭鸞（齊明帝）掌管尚書省事務。但蕭子良平素仁厚，不樂時務，乃推之蕭鸞。於是，皇帝頒詔，「事無大小，悉與鸞參懷」。可見蕭子良的心志。

齊鬱林王隆昌元年（四九四年），蕭子良去世，時年三十五歲。蕭子良除組織文士抄五經百家編成《四部要略》外，還著有文賦集四十卷。今存詩五首、〈梧桐賦〉及書啟等二十篇。《南史・蕭子良傳》評價為「雖無文采，多是勸誡」。明人張溥《漢魏六朝百三名家集》輯有《蕭竟陵集》。

范雲，字彥龍，當時名人殷琰稱其為「公輔才也」。范雲性格機敏，六歲時讀毛詩「日誦九紙」。他文思敏捷，下筆成章，所以有人懷疑是頭一天晚上構思好的。

齊高帝蕭道成建元初年（四七九年），蕭子良任會稽太守時，並不認識主簿范雲。一次蕭子良登遊泰山。范雲知道泰山上有秦始皇的碑文，這篇碑文三句一韻，而人們多作兩句一韻來讀，不得要領，而且碑文都是大篆，很多人又不認識。所以，范雲在頭一天晚上就找來《史記》，反覆誦讀。第二天登山，蕭子良讓賓客幕僚來讀，大家茫然，不知所措。最後問到范雲，范雲說：「卑職曾讀過《史記》，見到過這篇碑文。」於是上前朗誦，自然流暢。蕭子良非常高興，待為上賓，從此備受尊重。後來，蕭子良做了丹陽尹，依舊任命范雲為主簿。一次，范雲去覲見齊高帝蕭道成。時值有人獻上一隻白烏鴉，齊高帝問：「這是什麼吉兆？」范雲位卑，最後回答：「臣聞王者敬廟則白烏至。」當時，齊高帝祭祖剛剛結束，所以齊高帝聽了非常高興地說：「卿言是也。感應之理，一至此乎。」范雲的機敏並不只在這些小事上。文惠太子蕭長懋曾駕臨東田觀看收稻，范雲相從。文惠太子說：「這些人割稻子真快呀。」范雲馬上說：「三時之務，亦甚勤勞，願殿下知稼穡之艱難，無徇一朝之宴逸也。」文惠太子深感受益，莊重地謝過范雲，同僚們也為此言深服范雲。

蕭子良官拜尚書殿中郎時，為范雲向齊武帝求官。齊武帝說：「聞范雲諂事汝，政當流之。」蕭子良回答：「雲之事臣，勸相箴諫，諫書存者百有餘紙。」齊高帝讀罷諫書，深感言辭真切，嗟歎良久，說道：「不意范雲乃爾，方令弼汝。」由此觀之，文士范雲並非一味阿諛之人。

范雲出生於宋文帝劉義隆元嘉二十八年（四五一年），去世於梁武帝蕭衍天監二年（五〇三年）。今存詩四十餘首，多收在《藝文類聚》、《文選》、《文苑英華》中。鍾嶸《詩品》將他的五言詩列為「中品」，並評價道：「范詩輕便婉轉，如流風回雪。」〈別詩〉是范雲與何遜分別重逢之作，詩云：「洛陽城東西，長作經時別。昔去雪如花，今來花似雪。」朋友重逢時的激動，早已衝散了往日別離的憂愁，眼前鮮花如雪的無限春光，更使詩人心潮澎湃。飛雪與春花的聯想，融會、幻化出清麗美好的景象。雪中情無限，花下意紛呈。

王融，字元長，祖父即是聰慧放誕引來殺身之禍的王僧達。他出生於宋明帝劉彧泰始三年（四六七年），歷仕太子舍人、丹陽丞、中書郎等職。齊武帝永明十一年（四九三年）武帝去世，王融依附蕭子良並慫恿他與蕭昭業爭帝位，因而遭即位的鬱林王蕭昭業殺害，時年二十七歲。他的族叔王儉專責士流典選，曾對人說：「此兒至四十，名位自然及祖。」可惜早亡，未能踐王儉之言。

《南齊書・王融傳》稱：「融少而神明警慧，博涉有文才。」又稱：「上幸芳林園禊宴朝臣，使融為〈曲水詩序〉，文藻富麗，當世稱之。」北魏來使曾對王融說：「昔觀相如

〈封禪〉，以知漢武之德；今覽王生〈詩序〉，用見齊主之盛。」王融答道：「皇家盛明，豈直比蹤漢武；更慚鄗制，無以遠匹相如。」謙虛之中也有自負之意。

王融躁於名利，自恃才高，狂放之性不亞於其祖父。在王僧祐的府上，王融遇見了朝臣沈昭略。沈昭略不識王融，左右顧盼，問主人：「是何年少？」王融不滿，未等主人回答便說：「僕出於扶桑，入於湯谷，照耀天下，誰云不知，而卿此問？」沈昭略不經意地答道：「不知許事，且吃蛤蜊。」王融聽此言，又諷刺道：「物以群分，方以類聚，君長東隅，居然應嗜此族。」如此恃才躁進的心性，與他政治上的失敗不無關係。

王融現存文五十餘篇，《昭明文選》選錄了〈永明九年策秀才文〉、〈永明十一年策秀才文〉和〈三月三日曲水詩序〉。其中〈三月三日曲水詩序〉文藻富麗，聲韻協調，華彩聯翩，對偶精切，一時享譽南北。王融現存詩八十餘首，鍾嶸認為他的詩作「詞美英淨」。王融精通音律，並運用於詩歌創作中，是永明體的首創者。〈詩品序〉云：「王元長創其首，謝朓、沈約揚其波。」可見，王融對中國古代詩歌的格律化作出了重要的貢獻，但也帶來了「文多拘忌，傷其真美」（鍾嶸〈詩品序〉）的弊端。明人張溥《漢魏六朝百三名家集》輯有〈王寧朔集〉。

蕭琛，字彥瑜，梁文學家。出生於宋順帝劉準升明二年（四七八年）。曾作《皇覽鈔》

二十卷，均散佚。嚴可均《全上古三代秦漢三國六朝文》輯其文四篇。逯欽立《先秦漢魏晉南北朝詩》輯其詩四首，都是與蕭衍、蕭繹、謝朓唱和之作。蕭琛在竟陵八友中，文學成就不高。他於梁武帝大通元年（五二七年）去世。

明人張溥稱陸倕「一人之身，榮知三祖，亦云通矣」。意為以一己之身，得到梁三位重要人物（梁武帝蕭衍、昭明太子蕭統、梁元帝蕭繹）的賞遇，可謂通達。陸倕是南朝梁詩文作家，字佐公，生於宋明帝泰始六年（四七〇年），去世於梁武帝普通七年（五二六年）。昭明太子蕭統在〈宴闌思舊詩〉云：「佐公持文介，才學罕為儔。」梁元帝為他寫的墓誌銘中稱：「詞峰飆豎，逸氣雲浮。」《昭明文選》中收入了他的《石闕銘》、《新刻漏銘》。他的〈感知己賦〉、〈以詩代書別後寄贈京邑僚友〉較有名。張溥《漢魏六朝百三名家集》收有《陸太常集》。

以蕭子良為核心的竟陵八友文學集團周圍聚集了數十人。當時參與竟陵王西邸之遊的文士，還有宗夫、王僧孺、孔休源、江革、范縝、謝景、柳惲、劉繪等。他們的文學創作蔚成了齊梁文學的繁榮局面。永明體山水詩的創作影響了當世，衣被後人。唐代律詩即是在其創作基礎上形成的，其篳路藍縷開近體詩之先，功不可沒！且梁武帝蕭衍的唯美傾向影響到梁代文壇風尚和宮體詩的創作。

# 碩學之士王僧孺

南齊竟陵王蕭子良的門下，曾經群英薈萃，除「竟陵八友」外，還有其他很多文人名士，南齊太學博士王僧孺就是其中之一。他和他的學生虞羲、丘國賓等人，並以善辭藻而遊於蕭子良的西郊宅邸。王僧孺，東海郯縣（今山東郯城）人，出生於宋孝武帝劉駿大明八年（四六四年），於梁武帝蕭衍普通二年（五二一年）去世。他在文學、書法、譜籍等方面都有很深的造詣，因此後人以「碩學」來評價他。

梁侍郎全元起曾為《素問》作注，因對「砭石」一詞理解不清，而求訪於王僧孺。王僧孺手不開卷，開口即答：「古人當以石為針，必不用鐵。《說文》有此砭字，許慎云：『以石刺病也。』〈東山經〉：『高氏之山多針石。』郭璞云：『可以為砭針。』《春秋》：『美疢不如惡石。』服子慎注云：『石，砭石也。』季世無復佳石，故以鐵代之爾。」以此觀之，他小學的功夫真是不淺。

王僧孺自幼聰慧機敏。剛讀《孝經》時，便問教師：「此書何所述？」老師回答：「論忠孝二事。」王僧孺聽罷此言隨即說道：「若爾，願常讀之。」一次，有客人送李子到他家。客人先拿一個送給王僧孺，王僧孺不接，並說：「大人未見，不容先嚐。」這都是在他五歲時發生的故事。到七歲時，王僧孺已能讀書十萬言了，對文章典籍產生了濃厚的興趣。由於家裡貧窮，在出仕為官前，王僧孺多以代人抄書為業，供養母親，但這恰恰滿足了他讀書的願望，抄寫完畢，諷誦亦了。

王僧孺在做太學博士時，尚書僕射王晏非常欣賞他。王晏為丹陽尹時，他補功曹，並受王晏之命撰〈東宮新記〉。後來，他又來到文惠太子蕭長懋的身邊，可惜文惠太子過早去世，王僧孺出為晉安郡丞。齊明帝蕭鸞建武年間（四九四—四九七年），王僧孺受到始安王蕭遙光的舉薦，除儀曹郎，遷書侍御史，出為錢塘令。在他去上任時，好友任昉贈詩一首，詩中有言：「唯子見知，唯餘知子，觀行視言，要終猶始。敬之重之，如蘭如芷，形應影隨，曩行今止。百行之首，立人斯著，子之有之，誰毀誰譽。修名既立，老至何遽，誰其執鞭，吾為子御。劉《略》班《藝》，虞《志》荀《錄》，伊昔有懷，交相欣勗。下帷無倦，升高有屬，嘉爾晨登，惜餘夜燭。」任昉在贈詩中不僅回憶了二人醉心於典籍文章的共同情懷，更對王僧孺人格品性作出了高度評價。素有孝名、文名的任昉能把王僧孺當做山水知音，可見他的品性修養、人格風範並不一般。

梁武帝蕭衍天監初年（五〇四年左右），王僧孺除臨川王蕭宏後軍記室，待詔文德省，後出為南海太守。王僧孺的治郡與外邦相通商，以往的官吏多從外邦商人那裡低價購貨，高價出售，從中獲利數倍。王僧孺有感於「蜀部長史，終身無蜀物」，所以從不做此類事情。另外，當地百姓有宰牛的習俗，因對濫殺無度的不滿，王僧孺到任後，馬上下令禁止。他在職兩年，聲名遠播，待朝廷徵召還都時，郡中百姓奏請挽留，可見他為政的清明。還都後，王僧孺官拜中書侍郎，領著作，復值文德省。後又遷升尚書左丞，不久又兼御史中丞。當年王僧孺家中貧困，他的母親以賣紗布維持家計。有一天，年幼的王僧孺隨母去市上賣布，路上遇到了騎馬疾馳的中丞鹵簿，為躲避快馬，王僧孺掉進了路旁的泥溝中。現在王僧孺做了御史中丞，當年騎馬飛馳的人為其在馬前清道。回想往事，王僧孺真是百感交集，對人生有了更深的理解。

王僧孺詩賦創作雖不能與名家相比，但在當時也頗有聲名。梁武帝蕭衍曾命王僧孺及眾臣作〈春景明志詩〉五百字。以詩名著稱於世的沈約也在其間。待詩作完成，受到稱賞的卻不是沈約，而是王僧孺。當然就整體創作水平看，王僧孺與沈約還是不能相比的。

王僧孺的一生跨齊梁兩代，他的文學創作不可避免地帶有永明新體、梁代宮體的特點。從題材上看，王僧孺的詩作可分為三類，一是贈答之作，二是宮體之作，三是寫景抒懷之作；從藝術上看，「永明體」對聲韻的注重、對婉美的意境創造、對流轉圓美的藝術風格的追求，在王僧孺的詩作中都有所體現。

王僧孺的仕宦生涯並不平坦。梁武帝蕭衍曾問他：「家中有多少妾媵？」王僧孺回答說：「一個沒有。」後來他在外為官，友人以一妾與他，待他離去時，此妾已經懷孕。事情洩漏，被同僚湯道愍所奏，免去官職，此後長時間不被朝中徵用。多年後，在好友何炯的幫助下，做了安成王蕭秀的參軍，官位不顯。

王僧孺除撰書賦詩、作文制賦外，還特別喜愛書法和收藏古籍。《南史・王僧孺傳》稱：「僧孺好墳籍，聚書至萬餘卷，率多異本，與沈約、任昉家書埒。少篤志精力，於書無所不睹，其文麗逸，多用新事，人所未見者，時重其富博。」

王僧孺一生著作頗豐，共有《十八州譜》七百一十卷，《百家譜集抄》十五卷，《東南譜集抄》十卷，文集三十卷，《兩台彈事》五卷及《東宮新記》，可惜這些著述後來都散佚了。張溥《漢魏六朝百三名家集》中收有《王左丞集》，《藝文類聚》中也存有一些詩文。

在《王左丞集》題詞中，張溥對於王僧孺的創作有這樣的評價：「今集中諸篇，杼軸雲霞，激越鐘管，新聲代變，於此稱極。」

## 令李白推崇的謝朓

在古城金陵一個涼風習習的寂靜秋夜，詩人李白獨自一人乘月登樓，遠望吳越，面對蒼茫大地他深感知音難尋，不禁高聲吟道：「月下沉吟久不歸，古來相接眼中稀。解道澄江淨如練，令人長憶謝玄暉。」詩中被李白引為知己的謝玄暉就是南齊著名詩人謝朓。

謝朓生於宋大明八年（四六四年），陳郡陽夏（今河南太康附近）人。他的高祖謝據是謝安的弟弟，祖、父輩都為劉宋王朝所親重，母親是宋文帝之女長城公主。謝朓年少好學，有美名，尤以文筆清麗見稱。他於齊永明初出仕，在京城任職，經常出入竟陵王蕭子良的藩邸，為「竟陵八友」之一，有很高的文學聲譽。後來在荊州做隨王蕭子隆幕僚也深受賞愛。《南齊書・謝朓傳》中記有：「子隆在荊州，好辭賦，數集僚友，朓以文才，尤被賞愛，流連晤對，不捨日夕。」他們的親密關係被長史王秀之報告了齊武帝蕭賾，謝朓被召回京城，遷為新安王中軍記室。這種人生際遇的莫測變化給謝朓帶來很沉重的精神壓力，他在回京途中寫給荊州同僚的詩中說：「常恐鷹隼擊，時菊委嚴霜。」

齊明帝蕭鸞做輔政大臣時有意拉攏他為黨羽，因此官謝朓至驃騎咨議，領記室，掌霸府文筆。建武二年（四九五年）又出為宣城太守，所以後人又稱他為「謝宣城」。建武四年，謝朓的岳父王敬則因懼明帝加害，企圖謀反，暗中聯絡他。可是謝朓深怕受到牽連，遂扣押密使，報告了明帝，王敬則被族滅。謝朓因舉報有功，被破格提拔為尚書吏部郎。這件事嚴重影響了謝朓在當時和後世人們心目中的形象。為此他的妻子常常懷藏利刃俟機報復，嚇得謝朓不敢與她相見。時人沈昭略當面譏諷他說：「以你的才學和家世做尚書吏部郎是很合適的，但遺憾的是總受妻子威脅。」其實謝朓並不是那種貪求功利、隨風倒戈之人。明帝死後，其子蕭寶卷即位。因其失德，始安王蕭遙光欲廢他自立，曾秘密聯絡謝朓，他因得到明帝恩賞沒有答應。後來始安王又想讓他兼任知衛尉，他怕被拉進去，便有意向人洩露了他們的密謀，結果被構陷致死於齊永元元年（四九九年），時年三十六歲。明人張溥在給謝朓文集作的題詞裡慨歎他死得不值。

謝朓的命運在其家族中也是十分典型的。作為南朝的顯赫世家，由於捲入了這一時期的上層權力鬥爭，因此不斷有人死於非命。謝朓的兩個伯父是在宋代被殺的，他的父親也差一點牽連進去。所以，謝朓很早就知道這種現實政治的險惡，他本人的仕途雖然一帆風順，但他深知這背後隱藏的凶險。從齊明帝篡權到始安王謀廢蕭寶卷，他都處於權力鬥爭的核心地帶，在依違之間稍有不慎就會惹禍喪身。由於缺乏政治遠見和決斷，最後也沒有逃脫厄運。他的遭遇連累兒子也丟掉了妻子。謝朓早年曾與同為「竟陵八友」的蕭衍關係不錯，蕭衍把二女兒嫁給了他的兒子謝謨。謝朓死後，蕭衍對謝謨有些薄待，想把女兒改嫁他人。雖然謝謨寫了一篇情辭哀感的文章（據說是沈約代寫的），但蕭衍並未把女兒送還。

由於謝朓缺少政治野心，但又捨不得豪華的生活和官位，所以處世謹慎，在激烈頻繁的權力爭奪中優柔寡斷，唯求自保，因此很被動。這種仕途生活的兇險與矛盾深深地滲透於他的創作中，給他的作品打上了鮮明的烙印。

作為政治家顯得極為笨拙的謝朓，卻是當時備受推崇和喜愛的詩人。《顏氏家訓・文章》云：「劉孝綽當時既有重名，無所與讓，唯服謝朓，常以謝詩置几案間，動靜輒諷味。」以博學才高自詡的梁武帝也絕重其詩，認為三日不讀，即覺口臭。謝朓的老友沈約則更是出語驚人，他說「二百年來無此詩」，言外之意，自太康以來包括謝靈運、陶淵明、鮑照在內的詩人，皆在其下。然而謝朓並不以自己的崇高文學聲望自矜而凌駕別人，相反他對後起新秀扶植甚殷。會稽有個叫孔凱的青年人略有文才，但不為時人所知。一次孔稚珪讓他寫了一篇讓表給謝朓看，謝朓吟讀良久，然後親手為他修改，並對孔稚珪說：「士子聲名未立，應共獎成，無惜齒牙餘論。」

謝朓的文學成就是多方面的，一生所作的詩、文甚多。其辭賦、散文作品都有可稱道處，如〈思歸賦〉、〈拜中軍記室辭隨王箋〉等。但謝朓的主要成就是在詩歌方面，其中以山水詩成就最為顯著。此外還值得予以特別注意的是他近似於唐人絕句的小詩，如：

佳期期未歸，望望下鳴機。
徘徊東陌上，月出行人稀。
——〈同王主簿有所思〉

綠草蔓如絲，雜樹紅英發。
無論君不歸，君歸芳已歇。
——〈王孫遊〉

第一首寫思婦題材，以動態感很強的畫面狀繪出女主人公內心的失望和失望中頑強支持的期待與不安。第二首以花開花謝的植物生長變化隱喻思婦對美好年華的珍惜之情，並含蓄地表達了對遠行者的怨艾。這些詩都明顯地透出謝脁所受樂府民歌的影響，但又不單純是模仿之作，因其內在地涵化著一種文人的素養，擺脫了純民歌的俚俗風格，語言在淺易中呈精緻，意蘊在暢達中藏婉轉。這種五言四句的小詩從謝脁開始成為文人們的一種新詩體，開唐人五絕的先聲。至於〈銅雀悲〉、〈玉階怨〉等作品則更為純熟洗練，形式整齊，音韻諧調，和唐朝詩歌中的五絕已沒有多大區別了，所以嚴羽《滄浪詩話》說：「謝脁之詩，已有全篇似唐人者。」以這樣的詩與謝靈運、顏延之相比，可明顯看出謝脁詩歌在聲律和語言等方面的優越之處，因為後者作品中還可以很容易找到病句、累句。謝脁詩歌方面的進步是歷史性的，也是長期積累的結果。

## 山水新體詩，自然新發現

謝脁流傳至今的一百四十多首詩多為吟詠山水之作，而且是自覺運用聲律理論進行試驗創作的，形成所謂新體寫山水的獨特風貌。

新體詩是沈約、周顒等人將考辨四聲的學問運用到文學創作中的一種嘗試，並從中摸索出詩歌創作應避免的八種聲律方面的問題，從而造成了古體詩向格律詩演變的趨勢。謝脁也是積極參與者。概括地說，永明新體詩的聲律要求是以五言詩的兩句為一個基本單位，一句之內平仄交錯，兩句之間，平仄對立。另外又要求避免平頭、上尾、蜂腰、鶴膝等八種聲韻上的毛病；在寫作中為了摸索一個長短適宜的篇幅，試驗了從四句到十四句的各種體式，最後作品的長短習慣上保持在八句或十句左右；修辭上，除首尾兩聯，中間大都用對仗。這些都成為後起律詩的雛形。

在永明前期，謝朓作為「竟陵八友」之一，在蕭子良的藩邸和永明九年（四九一年）隨蕭子隆赴荊州為文學（官名）時，都得到兩人格外的愛賞。此時他雖官職不高，但生活和文學活動都很豐富、愉快。詩作大多為與恩主或同道遊宴酬唱之類，這類詩均以寫景見長：

戚戚苦無悰，攜手共行樂。
尋雲陟累榭，隨山望菌閣。
遠樹曖阡阡，生煙紛漠漠。
魚戲新荷動，鳥散餘花落。
不對春芳酒，還望青山郭。
——〈遊東田〉

這首詩寫作者鬱鬱寡歡之時，遂邀好友相攜遊園賞景。詩中雖也偶現愁懷，但又旋為賞心悅目的美景所蕩滌。詩人如卓越的風景畫家浸淫於自己的畫境中，以獨特的筆法、深細的觀察和靈動的心，剔落出尋常景物中躍動的令人驚奇的美。在他的詩中，我們可以時時處處感受到對自然那種極細膩、極敏銳的體貼與關懷，因此他的每首詩中都有對自然之美的絕妙發現，令人嘆賞。〈遊東田〉「遠樹」以下四句便是絕好的例子。這樣的作品在寫作方法上顯然也不同於謝靈運那種刻板地記述遊程，寓目成句，隨意鋪排，而是更加注意對自然景物進行選擇提煉，擺脫了過去文人詩常見的繁冗、蕪雜的弊病。

謝朓作於永明十一年（四九三年）以後的詩，思想內容有較大的變化，塗抹了較為濃重的身世與宦途的憂懼之色，增加了對往昔朋友歡會的懷念，更經常地表現出外為官的孤獨、寂寞以及對於清靜生活的渴望與追求等等，而且這些複雜的思想又常常是互相牽連交織著表現在作品中，使其詩境轉為厚重與豐富。謝朓詩歌內容上的這些變化與他的生活變遷和齊代上層權力鬥爭的殘酷有關。這些詩雖同樣以寫景見長，但寫景與抒情的結合要比前期更密切，如：

大江流日夜，客心悲未央。徒念關山近，終知返路長。秋河曙耿耿，寒渚夜蒼蒼，引領見京室，宮雉正相望。金波麗鳷鵲，玉繩低建章。驅車鼎門外，思見昭丘陽。馳暉不可接，何況隔兩鄉。風雲有鳥路，江漢限無梁。常恐鷹隼擊，時菊委嚴霜。寄言罻羅者，寥廓已高翔。

——〈暫使下都夜發新林至京邑贈西府同僚〉

這首詩寫於被長史王秀之讒陷，奉調回京的路上。詩人在這裡主要抒寫的是與荊州同僚分別的痛苦和對奸佞小人的畏懼、憎恨。此詩發端勁健，詩人把與友人離別的痛苦和日夜奔流的長江糅合在一起加以描寫，既是描寫旅途所見之景，又是抒洩心中悲痛之情，互感共生，不可分割，如「秋河曙耿耿，寒渚夜蒼蒼」句除給人以夜景濃厚、寂靜的實感，又暗示出作者因愁情縈懷通宵未眠的情景。可以說整首詩在自然山水的描寫中融透著種種深刻的人生感受，把自然山水的描寫與主觀情性的抒發有機地結合起來，達到了情景交融的境界。

謝朓在性格上缺少謝靈運那樣一份野心和高傲，既捨不得放棄功名利祿，又害怕在殘酷的權力鬥爭中惹禍喪身，所以只得尋求一條「朝隱」的道路。建武二年（四九五年）夏天，謝朓被外派為宣城太守，他在〈之宣城郡出新林浦向板橋〉中寫道：「囂塵自茲隔，賞心於此遇。」認為自己實現了「既歡懷祿情，復協滄州趣」的朝隱目標。因為這種朝隱的態度，謝朓並不專寫深山大壑等自然景色，而是能夠隨處即目地欣賞和描寫自然，使之與自己的為官生活密切和諧地融為一體，創造出蕭散、恬淡的意境。這種寫作方式和內容更為完美地體現了廟堂與山林諧趣的士族生活風範和審美趣味。所以在他的寫景詩句中有仕宦生活的豪華和它難以割捨的魅力，而以仕宦生活為題的詩中又多有清新美麗的風景描寫，兩者自然有時也複雜地交織在一起。試讀〈晚登三山還望京邑〉：

灞涘望長安，河陽視京縣。白日麗飛甍，參差皆可見。餘霞散成綺，澄江靜如練。喧鳥覆春洲，雜英滿芳甸。去矣方滯淫，懷哉罷歡宴。佳期悵何許，淚下如流霰。有情知望鄉，誰能鬒不變。

這首詩寫於離京赴宣城途中，詩中所寫不僅有離鄉的傷感，也明顯透露著對複雜政治無可奈何的心理，所以作品裡謝朓以王粲、潘岳自比，表達出飄零與失意的情懷。自「白日」以下六句寫景，充分地展現出建業及其附近的風光：都市的建築群豪華壯觀而又錯落有致，晚霞明麗如綺，江水澄靜如練，水中的小島更是為鳥語花香所籠罩。每句詩都展現出一幅生動自然的畫面，從高低遠近不同角度和層次富有立體感地凸現了這片風光的獨特魅力。尤其「餘霞散成綺，澄江靜如練」歷來為人稱道，雖非精鏤細刻，但因此才有自然清麗之趣，如果沒有對美好景物的敏感和澄靜明慧的心性是絕寫不出的。正是這種享樂的生活與如詩如畫的風光使詩人眷戀不已，行旅遲遲，從中不難理解他對在京為官既憂懼又不勝嚮往的複雜心態。就韻律而言，此詩堪為永明體的典範之作。第二聯既已注意到平仄相對，三四五聯的對仗相當講究，尤以三四聯見精工，達到了他自己所說的「好詩圓美流轉如彈丸」。

在謝朓的詩歌創作中對自然景物的描寫是窮形盡性的，這既是說他善於捕捉、提煉自然景物的特徵，也是說他能很好地把自己的思想感情灌注其間，達到情景交融的境界。這是對謝靈運以來山水詩的一個豐富和發展。王夫之這樣評論他的風景描寫：「語有全不及情而情自無限者，心目為政，不恃外物故也。」（《古詩評選》）這是很中肯的。除上述諸篇，以景物描寫被稱道的作品還有〈之宣城郡出新林浦向板橋〉、〈和徐都曹出新亭渚〉、〈直中書省〉等。其中警策、奇美之句如：「天際識歸舟，雲中辨江樹」，「日華川上動，風光草際浮」，「紅藥當階翻，蒼苔依砌上」，對景色的摹狀都異常新鮮生動。披覽這些詩篇，大自然似乎向我們睜開了雙眸，睛光突現，給人以意想不到的發現與驚喜。

# 沈約與「四聲八病」

沈約，字休文，吳興武康（今浙江德清武康鎮）人，生於宋元嘉十八年（四四一年），歷仕宋、齊、梁三代，也是當時著名文學家和歷史學家。他出身於世宦之家，父親沈璞在宋元嘉三十年被太子劉劭所殺，年幼的沈約潛逃得免一死。這種家庭災變使沈約流寓他鄉，過著孤單貧困的生活。但他專心致力於學問，晝夜手不釋卷。母親怕他過分勞累生病，常常叫人減少燈油使其不致睡覺過晚，他就利用晚上的時間把白天讀過的書背熟。因此他博通群書，寫得一手好文章。後來得到蔡興宗的賞識，在宋做過參軍、記室之類小官。

齊時他與文惠太子關係不錯，太子入東宮後他做了步兵校尉。當時文惠太子身邊有很多士人，但沈約被特殊優待。太子有個懶於早起的習慣，有時王侯到宮中求見也不得進，但太子特別願意和沈約談話，他對沈約說：「你要想讓我早起就早來。」除在文惠太子那兒受到特別歡迎，沈約當時也經常到竟陵王蕭子良那兒參加文人的聚會，在「竟陵八友」中最負盛名。由於曾與「八友」之一的蕭衍有舊交，在蕭衍對是否代齊自立拿不定主意時，沈約曾幾次進言，闡明他稱帝既合天道又順人情的道理，表示自己絕對支持，並替他草擬了禪代詔書，由此成為蕭衍的佐命之臣。蕭衍稱帝後，拜沈約為尚書僕射，封建昌縣侯。沈約的母親去世時，蕭衍親自去弔唁，並且考慮到沈約年紀已大，派人截斷絡繹不絕的弔客，使沈約節制哀情。天監九年（五一〇年）官至左光祿大夫。雖然梁武帝對他恩禮有加，但在政治上並未重用，於是沈約託人婉轉致意於蕭衍，請求退休。蕭衍沒有同意。

沈約有兩件事觸怒過蕭衍。一次是陪蕭衍吃飯時，正趕上豫州給他送栗子，他們就有關栗子的事務進行了一次競賽。沈約有意謙讓，但過後對人說：「蕭衍這個人好護短，不肯服輸認錯，如不相讓，他會羞死。」這是對蕭衍很不禮貌的話了。還有一件，張稷死了，蕭衍對沈約說自己曾經有對不起他的地方，沈約由於解慰不當觸怒了蕭衍，蕭衍很生氣地說：「你說這些話，還是一個忠臣嗎？」說完就回內殿了。當時沈約嚇呆了，蕭衍走後還愣愣地坐在那兒。回家後，於精神恍惚中跌了一跤，就此病倒。在病中夢見齊和帝用劍割斷了自己的舌頭，心中恐懼，所以召道士向上天之靈說禪代之事不是他做的。蕭衍知道這些事情後曾經幾次派人去批評他，使年邁的沈約在憂懼中死去，時天監十二年（五一三年）。死後蕭衍給他的謚號是「隱」，意謂其處世不夠坦蕩磊落。

雖然沈約在政治上沒有什麼值得一提的業績，但在文史方面卻頗有建樹，著作很多。就歷史而言有《晉書》、《宋書》、《齊紀》、《高祖紀》等；就文學而言，除各類文章和大量詩歌，重要的還有《四聲譜》，該書首創「四聲八病」之說。

「四聲八病」學說是詩歌發展中詩人們已充分意識到聲律對表達的重要意義後產生的。沈約在《宋書・謝靈運傳論》中說：「夫五色相宣，八音協暢，由乎玄黃律呂（顏色、聲音）各適物宜……一簡之內，音韻盡殊；兩句之中，輕重悉異。妙達此旨，始可言文。」他把對聲律的自覺運用看作是寫作的前提。《四聲譜》現已失傳，但根據相關典籍尚可依稀推測出「四聲八病」說的大意：所謂四聲就是將漢字區分包容在平、上、去、入四種聲調之中，並根據這四種聲調的高低清濁等變化製韻。一句之內，平仄交錯，兩句之間，平仄對立，為此就需避免八種聲律運用上的毛病：即平頭、上尾、蜂腰、鶴膝、大韻、小韻、旁紐、正紐。這個理論產生以後評價頗不一致，沈約自視甚高，說自己獨得千載之秘；梁武帝蕭衍卻不怎麼喜歡，他曾經問周顒的兒子周舍：「什麼是四聲？」周舍說：「『天子聖哲』就是。」雖經周舍如此妙解，梁武帝還是不甚以為然。但就文學史的發展看，這個學說是我國音韻學的一個重要進步。因其追求語言的音樂性，從而有利於矯正晉宋以來文人詩語言過於艱深之弊，轉向清新通暢，也一改過去那種肆意鋪排、一味賣弄才學的寫法，使明淨凝練的作品增多。這些變化對後代詩歌的發展都是意味深遠的。

當然，沈約本人在詩歌創作中就努力追求聲律效果。但總的看來，他的詩成就不算很高。胡應麟說他的詩頗有學識素養，但缺少內在的神致；沈德潛說他與鮑照、謝朓相比，性情聲色俱遜一格。沈約詩歌弱點的突出表現是「俗」，詩味淪於平淺，而且有很鮮明的無聊傾向。他的詩歌裡有大量在各種場合寫作的諂諛帝王功德的內容，這是封建時代文人很難避免的，但沈約表現得特別突出；沈詩的俗味還集中表現於那些說佛求道、詠物、遊戲等類題材中，並且極自然地漫衍到對豔情的津津有味的描寫中。例如〈六憶四首〉對一個被侮辱女性作了細緻的描摹，表現出一種垂涎女色的心理。結末憶眠一首描寫十分露骨：「解羅不待勸，就枕更須牽。復恐旁人見，嬌羞在燭前。」沈詩這種平淺庸俗的傾向在當時的士族文人中是很有代表性的，推動了宮體詩的產生、發展，具有文學「史」的意義。

## 被仕途埋沒才華的才盡江郎

江淹與沈約一樣歷經宋、齊、梁三朝。雖然早年孤貧，歷盡曲折，但入齊以後仕途漸趨通達。他的寫作恰好相反，從齊武帝永明年間即出現了衰退，流傳至今的作品多數為四十歲以前所作，所以有「江郎才盡」之說。這種仕途與創作的不平衡現象是值得深思的。

江淹生於宋元嘉二十一年（四四四年），字文通，洛陽考城（今河南蘭考）人。他十三歲時，做縣令的父親就去世了，早年家境十分窘困，靠打柴為生。他的入世取仕完全仰仗勤奮自學及卓異文才。二十歲時江淹給始安王做啟蒙教師，後來做過南徐州從事和東海郡丞。在輾轉為諸王幕僚的過程中，他歷盡曲折，甚至被懷疑受賄而下獄，最終因為多次規諫密謀反叛的建平王劉景素被貶為建安吳興縣令。仕途的坎坷給江淹帶來許多複雜而痛苦的人生體驗，使其創作形成峻急而憤激的文風。隋末王通把鮑照、江淹稱為古之狷者，其「文急以怨」。江淹曾在〈自敘傳〉中描述過被貶到吳興的生活：「山中無事，專與道書為偶，及悠然獨往，或日夕忘歸。放浪之際，頗著文章自娛，常願卜居筑宇，絕棄人事。」可見謫居生活也頗有自得之處，這與他早年敬慕司馬相如和梁鴻（隱士）有直接關係，他的謫居生活可謂兼二者之長。即使其後來仕途暢達，他亦未曾忘懷於這種隱居兼著述的生活理想。

宋末蕭道成輔政時，江淹被召為尚書駕部郎、驃騎參軍。荊州刺史沈攸之叛亂，蕭道成曾問計於江淹，江淹答曰：「昔項強而劉弱，袁眾而曹寡，羽卒受一劍之辱，紹終為奔北之虜，此所謂『在德不在鼎』，公何疑哉。」接著他十分雄辯地對比分析了雙方的情況，說得蕭道成開顏一笑，從此十分器重他。宋元徽二年（四七四年）桂陽王劉休范在尋陽起兵，朝廷十分震驚，慌亂之中很長時間也沒能寫出一份征討詔書。蕭道成預備好酒菜，把江淹請到中書省，因為他知道江淹在酒足飯飽後辦事特有效率。果然江淹吃完烤鵝，又喝進幾升酒，文誥也同時完成了，可見他才思的敏捷。後來蕭道成的許多文件都出自江淹的手筆。蕭道成稱帝後，江淹做了中書侍郎。他為官很聰明，有政治遠見，所以能在頻繁的權力鬥爭和朝代更替中站穩腳跟。但這決不意味著他是一個毫無原則的和事佬，他為政能夠公私分明，寬猛相濟，做齊御史中丞時不畏權貴，彈劾過王、謝、庾、劉等許多新舊門閥貴宦，被當時做宰相的蕭鸞稱為「近世獨步」的嚴明中丞，使百僚振肅，吏治清廉。在齊末崔慧景反叛、蕭衍建梁等一系列政治事變中，他都能洞察時世，從容應對，顯示出其政治遠見和政治鬥爭的嫻熟技巧。入梁後，官至金紫光祿大夫，封醴陵侯，卒於天監四年（五〇五年）。

與政治上的老練伴隨出現的是江淹創作中的衰退跡象，即所謂的「江郎才盡」。傳說他晚年從宣城太守任上罷歸時，途中曾在禪靈寺過夜，夢見西晉著名詩人張協向他索還寄存的一匹錦，可他從懷裡掏出的只是幾尺割截殆盡的餘物，張協氣得不想要了，他就送給了身後的丘遲，從此再也寫不出好文章。另一種說法是郭璞向他索還五色筆，他悉數歸還後就再也沒有寫出過優美的詩句。兩則故事意在從詩文兩方面說明江淹後期創作的嚴重衰退。這類現象在文壇上並不罕見，就江淹個人而言，衰退的原因在於：一方面長期處於順境的仕宦生活形成了與文學創作不同的處世及思維方式，正如清代姚鼐所說的「及名位益登，塵務經心，清思旋乏，豈才盡之過哉」，這種原因所引起的創作衰退不關「才」盡與否。另一方面，坦蕩的仕途生活使他知足自滿，他所奢望的不過是二千石俸祿和吃穿祭祀等應用的物質保障，不再有前期複雜而切實的人生感興，因此作品自然缺乏激情與色彩，不再有感人的力量。

江淹產生廣泛影響的作品大都寫於宋末至齊永明年間，其中最值得注意的是大量的模擬作品和他自己創作的詩、賦。

在現存的《江文通集》中有許多模擬前人的作品，如〈效阮公詩十五首〉、〈雜體詩三十首〉、〈學魏文帝〉等，精心學習了從〈古詩十九首〉直到鮑照、湯惠休等近代作家的風格，內容、手法、用辭以至情趣都能達到維妙維肖，甚至以假亂真的程度，這是文學史上極罕見而又有趣的現象。

## 〈神滅論〉驚世駭俗，批判佛教

南朝齊梁時期，由於長期戰亂和政權頻繁更迭以及統治者極力推崇，佛教特別盛行。齊竟陵王蕭子良以宰相之尊多次在府邸設齋，並親自為高僧獻茶上菜。梁武帝蕭衍篤信佛法，為了禮拜方便，還特別在宮中開了一道直通同泰寺的門；他還經常親自弘講佛法，甚至捨身寺中，乃至於群臣在奏章中稱其為「皇帝菩薩」。在他的影響下，僅京城一地就建了五百多所佛寺，僧尼多達十萬。在佞佛聲浪甚囂塵上的時候，范縝卻獨樹一幟，力倡無佛。此說一出，朝野駭然，如聞驚雷。

范縝，字子真，約生於宋文帝元嘉二十七年（四五〇年），死於梁武帝天監十四年（五一五年），歷經宋、齊、梁三代。他少孤家貧，十八歲拜當時的名儒劉瓛為師，深得賞愛，他的成人禮是劉瓛親自主持完成的。劉瓛的學生多是當時貴宦的子弟，來去所乘都是華車高馬，只有范縝總是穿著布衣草鞋，徒步行走，可他一點也沒有羞愧之心。他把自己的注意力完全集中在學業上，因此博通解經之道，學業名列前茅。由於出身、學養和性格的原因，范縝在同學中常發危言高論，不被人接受，只與妻弟蕭琛感情較好。齊永明年間，范縝曾奉命使魏，負責協調魏與齊的關係，在魏留下很大影響。但這個驕傲的青年學者和外交家也有遺憾：二十九歲竟已是滿頭白髮，為此還作過〈傷暮詩〉、〈白髮詠〉，著實傷感、嗟嘆了一番。

那時候，蕭子良很喜歡結交文人學士，常在藩邸舉行聚會，范縝也是被邀請的名人之一，但除了范縝，其他人幾乎都是虔誠的佛教徒。聚會中，蕭子良曾以富貴貧賤係於因果報應之說向范縝問難，范縝用一個很形象的比喻辯駁道：「人之生譬如一樹花，同發一枝，俱開一蒂，隨風而墮，自有拂簾幌墜於茵席之上，自有關籬牆落於糞溷之側。」說明人本無貴賤，貴賤的不同是社會偶然原因造成的。為了更有力地反駁佛教的輪迴、報應之說，范縝寫成〈神滅論〉這篇光輝的著作。

〈神滅論〉的產生有著深刻的社會政治及思想原因。漢朝末年的戰亂打破了長期凝固的社會秩序，上至帝王將相，下至普通百姓都很難掌握自己的生活道路和命運。曹丕亦曾深有感慨地說：「自古無不亡之國，亦無不掘之墓。」因此主張死後薄葬。由薄葬又引發出人死後靈魂的歸屬問題，引起有關精神與肉體關係的深入思考，形成一種時代氛圍，乃至於晉代出現了阮修的「無鬼論」：「嘗有論鬼神有無言，皆以人死有鬼。修獨以為無，曰：『今見鬼者，雲著生時衣服。若人死有鬼，衣服有鬼邪？』」（《晉書・阮修傳》）這種對傳統的、至少是秦漢以來對鬼神觀念的懷疑，為范縝〈神滅論〉的產生奠定了基礎。另外有一個較為重要的原因是漢末以來的政治動盪引起對知識分子的屠戮，摧毀了他們傳統的人生道路和是非善惡標準，從而使知識界形成一種普遍的放蕩風氣和懷疑反抗精神。催生〈神滅論〉的直接原因是齊梁時代佞佛誤國的社會現實，范縝對此有痛徹的指陳：「竭財以赴僧，破產以趨佛……致使兵挫於行間，吏空於官府，粟罄於惰遊，貨殫於泥木。」語切直而識遠大。

〈神滅論〉的主要思想是通過形神關係說明精神依賴於形體，形體是精神現象的基礎，這樣便否定了佛教宣揚的生死輪迴和因果報應。最有力的觀點和論據分別是「形神之辨」與「利刃之比」。

范縝的〈神滅論〉是第一次以科學的精神駁斥佛教的「輪迴」、「報應」等核心觀念，揭露其對國家政治、經濟的危害，所以此文一出即引起朝野、僧俗的軒然大波。蕭子良糾集許多僧人向范縝發動進攻，但無人能在理論上折服他。於是，太原地主王琰出來連譏帶辱地說：「嗚呼！不孝的范先生，你怎麼竟連自己祖先的神靈在哪兒都不知道？」范縝針鋒相對反擊道：「嗚呼！孝順的王先生，你既然知道，為何不殺身相從以盡孝道呢？」最後，蕭子良又派王融以爵祿相利誘，王融說：「神滅論已被認為是異端無理之說，你卻執意堅持，這樣下去恐傷朝廷教化。憑你出色的才華、修養，倘若放棄此論，何愁不官至中書郎？」范縝自信而驕傲地回答：「假如我願意『賣論取官』，早就當令、僕之類的高官了，何只你說的中書郎？」范縝不慕名利、堅持真理的精神於此可見一斑。入梁後，因為梁武帝欲以佛教為國教，范縝的反佛思想當然在清除之列。蕭衍前後派出六十多人，撰寫了七十五篇文章圍攻他，但他「辯摧群口，日服千人」。當時參加辯論的曹思文上書武帝時不得不承認自己「情思愚淺，無以折其鋒銳」。這是中國思想史上一場有名的大論戰。

在文學方面，〈神滅論〉也堪稱六朝說理散文的代表作品，精思明辨，解難如斧破竹，析義如鋸攻木，是王充、嵇康以後最出色的論理文字。但范縝的文章用詞精簡、明晰，相比之下，王充遜其簡淨，嵇康遜其曉暢。鍾嶸《詩品》把他與張欣泰同列下品，稱其「並希古勝文，鄙薄俗制，賞心流亮，不失雅宗」。

## 「山中宰相」：道教思想家陶弘景

陶弘景生於宋孝建三年（四五六年），字通明，丹陽秣陵（今江蘇南京東南）人。祖、父輩都是職位不高的小官。《南史‧陶弘景傳》說他的母親在懷孕前曾經夢見兩個神人手持香爐來到他家，這可能是附會他後來修道的事。陶弘景幼年時就表現出一些特別之處：四五歲時即拿茅桿在灰中練習書法，十歲時得到一本葛洪的《神仙傳》，讀得廢寢忘食，深受其影響，產生了求仙養生之志，曾經對人說：「仰青雲，睹白日，不覺為遠矣。」成人後，身高七尺七寸，神儀明秀，朗目疏眉，而且依然酷愛讀書，多達萬餘卷，琴、棋、書法也都比較擅長。不到二十歲就被宰相蕭道成聘為諸王侍讀，後做了奉朝請。他本想在四十歲做到尚書郎，然後找一個山清水秀的理想之所隱居。可三十六歲時看到沒有希望了，便決心儘早歸隱，齊永明十年（四九二年）上表辭官，把朝服掛在神虎門，到句容句曲山（今江蘇句容縣茅山）隱居修道，並在山中立館，自號華陽隱居。梁大同二年（五三六年）無疾而終，時年八十一歲。

陶弘景是一位重要的道教思想家。他師從孫游岳得受三洞經籙和楊羲、許謐的上清經法，又遍訪江東名山搜求上清經訣手跡。隱居茅山後，便著手整理上清經法，撰寫了《真誥》、《登真隱訣》，前者系統梳理了上清派的發展歷史和教義，後者詳盡記錄了上清派養生登仙的方術秘訣。此外他還廣招門徒，建立了茅山上清道團，加之梁武帝和王公朝貴對他的敬重，使他的聲望大增，所以當時的茅山被他發展成為上清派的核心基地。

在道教發展史上，他有兩項主要貢獻：一是撰寫了《真靈位業圖》，把他收集到的近七百位神靈的名號，以圖譜形式按階次排列出來，使雜亂的諸神仙有了明確的體系。二是發展了養生修煉理論。他撰寫的《養性延命錄》對養生的理論和方法作了系統說明。他認為養生應神形雙修：游心虛靜、息慮無為以養神，飲食有節、起居有度以鍊形；再加以闢谷及房中術，便概括了他養生術的主要部分。《南史・隱逸》說他「自隱處四十許年，年逾八十而有壯容」，可說是這種理論的有效驗證了。

陶弘景養生理論在實踐中的運用還有一個重要部分，就是煉丹吃藥。他吃的藥主要是草藥。自隱居後，他遍歷名山尋藥。在這個基礎上寫了很多醫藥著作，如《本草集注》、

《陶隱居本草》、《效驗方》等。他也長期堅持煉丹，從天監四年（五〇五年）至普通六年（五二五年）的二十年中，陶弘景共煉丹七次。他煉丹所用的藥物都是梁武帝蕭衍給的。終於在最後一次煉成飛丹，色如霜雪，送給武帝服用，甚覺體輕。在多次實踐的基礎上，陶弘景撰寫了許多種煉丹著作。

陶弘景雖為道教中人，但他並未脫離社會，尤其與上層社會關係密切。他早年曾與蕭衍有私交。齊末蕭衍起兵至新林時，他就派弟子奉表以示擁戴；當蕭衍代齊時，他又援引圖讖寫成「梁」字，派弟子送去幫助其立了國號。蕭衍即位稱帝後對他恩禮有加，書問不絕，還曾幾次禮聘他入朝，他堅辭不出，還畫了兩頭牛，一牛散放水草之間，一牛著金籠頭，有人執繩，以杖驅之。梁武帝明白了他的歸隱決心就不再勉強了，可是在遇到吉凶征討大事時常常去山中咨詢。因此得了個「山中宰相」的雅號。但他的樂趣與生活理想還是在山水之間。隱居之中，曾經遍訪名山，每經澗谷，必坐臥其間，吟詠盤桓。早年熟悉弓馬，晚年都放棄了，只喜歡聽人吹笙。但比較之下還是最愛聽松風，他住處的四周都種著松樹，每聞其響，欣然為樂。陶弘景的修養可以說漸近自然亦漸近佳境。這種對山水的會心使他寫出了一篇著名的駢體小文〈答謝中書書〉。

關於隱居生活的理想在〈答趙英才書〉中說得更透徹：「岩下鄙人，守一介之志，非敢巇榮嗤俗，自致雲霞。蓋任性靈而直往，保無用以得閒。壟薪井汲，樂有餘歡，切鬆煮朮，此外何務？然亦以天地棟宇，萬物同於一化，死生善惡之能聞。」由此觀之，他的隱居可謂性情使然。《南史》說他「為人圓通謙謹，出處冥會，心如明鏡，遇物便了」，確屬中肯之論。但使性情能如磐石一樣安穩不移，還須一種理性的了悟。陶弘景對道家哲學生死之辯有相當深刻的理解，一方面他認識到，萬物皆有時而盡，同於一化，所以生死都屬於自然運動的一部分，這種見解可謂妙解玄遠，已入化境；另一方面他又認為，化境畢竟玄遠，「徒事累可豁，而發容難待，自非齊生死於一致者，孰不心熱」（〈答虞仲書〉），所以他又攝生養性服餌煉丹以求長生。可以說他把握了道家的兩翼，取得了哲學與生存之間的平衡。

陶弘景一生讀書很多，接受的思想影響自然也比較複雜，除花費大半生研習與修煉的道教外，還接受了佛教和儒家思想。《南史・陶弘景傳》說他曾經夢見佛授菩提記給他，賜號勝力菩薩，於是自誓，受五大戒。自此他常以敬重佛法為業，住處岩穴裡都安放佛像，親率門徒朝夕懺悔，恆讀佛經。由於一身兼修佛、道兩教，所以他的門徒中既有佛教徒，又有道教徒。他死後祭靈時，僧侶在左，道士在右，這在北朝是看不到的。陶弘景不僅兼信佛教，還服膺儒學，他曾經寫過《孝經集注》與《論語集注》。早年也有濟世志，特別欽佩張良的為人，隱居之後還曾對門人說：「且永明中求祿，得輒差舛；若不爾豈得為今日之事。豈唯身有仙相，亦緣勢使之然。」所以，他雖為道教中人，又與梁朝統治者關係甚密，這裡表現了他不囿於門戶偏見，兼收博採從容駕馭的胸襟。明張溥即在《陶隱居集》的題詞中稱讚他「山中宰相，大度素存」。這種複雜的影響在他所寫的〈茅山長沙館碑〉中有所表述：「萬物森羅，不離兩儀所育；百法紛湊，無越三教之境。」由此可見陶弘景融三教於一爐的思想傾向，這在南北朝時期是有代表性的。

## 藏書萬卷、三名俱盛的任昉

南朝梁間，任昉（字彥升）與沈約（字休文）同為文學大家，沈約以詩揚名，任昉以文著世，故世有「沈詩任筆」之稱。鍾嶸《詩品》對二人評價道：「觀休文眾制，五言最優」，「彥升少年為詩不工，故世稱沈詩任筆」。

任昉，樂安博昌（今山東壽光）人，出生於宋孝武帝劉駿大明四年（四六〇年）。父親任遙，官至齊中散大夫，母裴氏，賢惠德淑。相傳，裴氏晝眠，夢有四角懸鈴的五色彩旗從天而降，其中有一鈴鐺落入懷中，因而有孕。任遙請人算了一卦，卜者曰：「必生才子。」當然，這只不過是附會名人的傳說，但成人後的任昉的確以孝名、官名、文名並顯於當世。

任昉年幼聰敏，四歲誦詩，八歲能文，自作〈月儀〉一篇，辭意甚美。與任遙同朝為官的褚彥回非常欣賞任昉，他曾對任遙說：「聞卿有令子，相為喜之。所謂百不為多，一不為少。」由是，任昉的聲名更高。任昉的族叔任晷有知人之量，呼其小名贊曰：「阿堆，吾家千里駒也。」

任昉孝義至純，父母在世時如患疾病，必晝夜侍奉，衣不解帶，開口發言涕淚交加，湯藥飲食必先經口。任遙生前喜食檳榔，臨終前仍不忘品嚐。可是剖開很多檳榔，未見上好佳品，任昉對此深以為憾。因此，也有此嗜好的任昉一生再不食檳榔。任遙去世後，任昉泣血三年，身體憔悴已到了扶杖才能立起的地步。齊武帝蕭賾聽說此事後感慨萬端，對其伯父任遐說：「聞昉哀瘠過禮，使人憂之，非直亡卿之寶，亦時才可惜。宜深相全譬。」任遐遵從聖命，勸他進食，可是進則嘔出，可見傷心至極。不久任昉母親又去世了，身體尚未恢復的任昉，每放聲痛哭，即暈厥過去，很長時間才能甦醒過來。即使如此，他仍修草廬於墓側，為母守孝。相傳淚灑之地，草木不生。本來身體強壯的任昉，經兩次居喪，形削影瘦，不細辨認，難以再識。任昉孝義不僅限於父母，對待叔嬸也是如此，侍奉兄嫂也格外恭謹，對妻子的娘家也時時關照。其俸祿常因照顧各方親戚，當日傾盡。對待朋友，任昉更是有義有信，時人敬仰，稱其為「任君」。

任昉初為奉朝請，舉兗州秀才，拜太學博士。齊東昏侯永元年間，官至司徒右長史。當年任昉與蕭衍（梁武帝），共為竟陵王蕭子良府上「八友」時，蕭衍曾故作鄭重地對任昉說：「我登三府，當以卿為記室。」因為蕭衍騎術高明，任昉也就開玩笑地說：「我若登三事，當以卿為騎兵。」蕭衍要求立字為據，任昉提筆寫道：「昔承清宴，屬有緒言，提契之旨，形乎善謔。豈謂多幸，斯言不渝。」待蕭衍攻克建業，果以任昉為驃騎記室參軍，專主文翰。蕭衍以梁代齊，禪讓文誥出自任昉之手。

蕭衍稱帝，任昉官至黃門侍郎、吏部郎，後為義興太守。時值天災歲荒，百姓流離失所，任昉以私奉煮粥賑民，以此活命者三千多人。當時，飢荒的生活又令很多百姓不得不溺死新嬰。任昉見此嚴令制止，並發布文告云：溺嬰者罪同殺人。然後令官府為有孕婦的家庭提供資助，受接濟的人家多達千戶以上。為官期間，任昉下令家有年八十以上者，派官役主動上門噓寒問暖。不僅如此，任昉還把公田收獲的五分之四，如數上交官庫，而他自己有時卻乞貸度日。至還都時，任昉身無完服不得不接受朋友的資助。真可謂鞠躬盡瘁，死而後已。後來，任昉又為新安太守。在任上，任昉不修邊幅，率然曳杖步行於城中，遇有訴訟者就地裁決。為政清省廉潔的任昉於梁武帝天監七年（五〇八年）病逝於新安任上，時年四十九歲。去世前任昉留有遺言：「不許以新安一物還都，雜木為棺，浣衣為斂。」全境百姓聞其死訊深感痛惜，於城南立祠堂一座並歲時祭祀。梁武帝蕭衍聞之悲不自勝，即日舉哀並追贈太常，諡曰：「敬子」。為子盡孝的任昉為政也是盡忠職守，時有美譽，為後人稱道不已。

任昉尤善為文，當時王公奏表，多請他代筆，任昉一稿即成，不加絲毫修改。沈約為一代文宗，但對任昉也深為推挹。兩人在蕭衍手下為官時，最初是由二人共同起草各種文誥，二人常被急召草詔，當任昉作文已畢時，沈約仍在奮筆疾書。所以，後來此事多由任昉主筆，沈約參制。

在齊武帝蕭賾永明年間，任昉就因文才受到衛將軍王儉的賞識。王儉為丹陽尹時任命任昉為主簿，每當覽讀任昉的文章時，王儉神情都非常專注。他認為無人能與任昉的才華相匹敵，並讚歎曰：「自傅季友（傅亮）以來，始復見於任子。」一次，王儉令任昉作文，王儉讀後嘆道：「正得吾腹中之慾。」於是，他又拿出自己的文章令任昉修正，任昉提筆潤色，王儉撫案嘆息：「後世誰知子定吾文。」可見，任昉的文章才氣是一般人所難以企及的。王融也為「竟陵八友」之一，頗有文名。他認為自己的才學舉世無雙，但看到任昉的文章後，也不得不默然無語。

任昉以文章聞名於世，而詩作水平不及沈約，所以一直深感遺憾。到晚年時他轉向詩歌創作，意欲超過沈約。但由於用典過多，文辭不夠自然流暢，可士子仍多加仿效，一時用典之風大盛。

梁昭明太子蕭統編輯《文選》，共收入任昉的文章十九篇，是《文選》中入選文章最多的作家。

對任昉文章創作，王僧孺在〈太常敬子任府君傳〉中稱「天才卓爾，動稱絕妙」，「筆記尤盡典實」。王僧孺還以古人為比，明白地指出在章、表、書、檄之類的文章寫作上，枚皐、司馬相如、班固、張衡、陳琳等人尤有不及。任昉為文，既速且工；既有文采，理意又豐，剛柔並濟。

〈奏彈劉整〉是任昉參奏已故西陽內史劉寅的弟弟──中軍參軍劉整的一篇奏文。文章簡短，辭約理豐。開篇以「馬援奉嫂，不冠不入；汜毓字孤，家無常子，是以義士節夫，聞之有立，千載美談，斯為稱首」兩個典故立論，表明是非善惡。然而劉寅的寡妻范氏卻受到夫弟劉整的不公待遇，文章以簡潔之筆交代劉整的惡行：奪奴賣婢、搶掠偷拿、高聲辱罵，大打出手。最後感慨萬端：「人之無情，一何至此！實教義所不容，紳冕所共棄。」雖為奏議之文，但敘述簡明，不乏形象生動的細節；在明確的意旨表達中，充滿義憤。彈文少用駢儷，多用口語，生動活潑，在六朝文中別開生面。另外，從任昉對此事的憤激中，我們還可以見出他本人孝義為先的立身之道。

在〈王文憲集序〉中，任昉還為我們勾畫了王曇首之孫南齊名臣王儉的形象：「室無姬妾，門多長者。立言必雅，未嘗顯其所長；持論從容，未嘗言人所短。弘長風流，許與氣類。雖單門後進，必加善誘，勗以丹青之價，弘以青冥之期。公銓品人倫，各盡其用；居厚者不矜其多，處薄者不怨其少。窮涯而反，盈量而歸。」其文辭義兼重，文理兩全，將王儉的言談舉止，為人品性，在音韻和諧的敘議中娓娓道來。

任昉一生家貧，但藏書至萬餘卷，而且多有異本。他死後，梁武帝命賀縱、沈約編撰書目。所用之書，如官家沒有，便去任昉家中求取。史載任昉所著文章數十萬言，盛行於當世。明人張溥《漢魏六朝百三名家集》輯有《任彥升集》。

對任昉一生性情，同代人王僧孺的評價可謂精闢：「昉樂人之樂，憂人之憂，虛往實歸，忘貧去吝，行可以厲風俗，義可以厚人倫，能使貪夫不取，懦夫有立。」以至孝立身，以清政治世，以美文傳名，任昉實是古代文人的優秀典範。

# 丘遲：尺書勸降建奇功

南朝時有一封著名的勸降書信——〈與陳伯之書〉，歷代傳誦不絕，其作者——梁代的丘遲，也因此而名垂青史。

丘遲，字希范，吳興烏程（今浙江吳興）人，生於宋大明八年（四六四年）。其父丘靈鞠也是南朝著名文學家。宋孝武帝劉駿的殷貴妃亡世時，他曾獻挽詩三首，其中「雲橫廣階暗，霜深高殿寒」二句，深得孝武帝嗟賞。後為烏程令，不得志。明帝劉彧泰始初，因事被禁錮數年，直到褚彥回做吳興太守時，才奏請釋之。時隔多年，丘靈鞠做中書郎時，去拜謁當時已做司徒的褚彥回，辭別的時候，褚彥回因腳疾沒能起送，丘靈鞠挖苦道：「腳疾亦是大事，公為一代鼎臣，不可復為覆（鼎中食物外傾）。」意謂不要因為腳疾不勝任而敗事。可見其性格倔強直切，亦由此可知其仕途不可能順利。但他似頗不以此為意，做東觀祭酒時說：「人居官願數遷，使我終身為祭酒，不恨也。」他好飲酒，又愛臧否人物。一次，在沈深處看到一首王儉的詩，沈深讚其詩文進步很快，他卻一旁說道：「何如我未進時。」後來這些話被王儉知道了，王儉就挖苦地對身邊的人說：「丘公仕宦不進，才亦退矣。」其實，丘靈鞠雖仕途不顯，而文名甚盛，尤其是在宋時。他平時蓬發馳縱，不修邊幅，不事家業，頗有名士風度。

丘遲就出生在這樣的家庭。他幼年早慧，八歲便能作文，其父常說「氣骨似我」。同時也深得謝超宗、何點兩人稱奇。長而仕齊，為殿中郎。後來蕭衍引為驃騎主簿，其勸進梁王及加九錫禮的文字，都出自丘遲手筆。入梁遷至中書郎。當時蕭衍作連珠（一種文體）一篇，召群臣繼作。在幾十個應召者的作品中，丘遲之文筆最美。不久，像父親一樣，丘遲也因事免官。但他做了一首自責的詩呈給武帝，蕭衍也好言好語安慰了他一番。後來委派他到永嘉當太守，但他很不稱職，被有關部門糾查，武帝因愛其才，未予追究。天監四年（五〇五年），丘遲以記室之職，隨臨川王蕭宏北伐。投魏的原梁朝大將陳伯之與魏軍來拒。蕭宏令丘遲寫了一封信勸降，陳伯之果率八千人降梁，此事在文學史上傳為一段佳話。北伐還朝後，拜中書侍郎，又遷司空從事中郎，死於任上，時天監七年（五〇八年）。

在「江郎才盡」的故事中，也有一個有關丘遲的情節。江淹從宣城任上罷歸時，途經禪靈寺過夜，夢見晉著名文學家張協向他索取所寄存的彩錦，江淹僅能掏出幾尺殘錦，張協怒而拒之，江淹便將其轉送給站在身後的丘遲。故事中關於丘遲文才的敘述，似乎較為可憐，但另一方面也應看到，丘遲當時僅是二十出頭的年輕人，能夠追步江淹之後，並為所親，已是難能可貴了。由此也可見丘遲文名之盛。其實，從二人交錯出現的時差中可以明了因江淹創作出現衰退造成的空白，正是由丘遲的成績來填補的。鍾嶸《詩品》定其詩為中品，評論云：「丘詩點綴映媚，似落花依草。故當淺於江淹，而秀於任昉。」意謂：丘遲的詩裝點襯托，相映成輝一似碧草著花，雖比江淹略淺，但比任昉秀美。今觀其詩，可堪諷誦者，在文學史上並不多，其中〈旦發漁浦潭〉是較好的一篇。為丘遲留下赫赫聲名的作品是他的書信體駢文〈與陳伯之書〉。

陳伯之是由齊歸梁的降將。其早年是一個橫行鄉里的無賴，十三四歲時即偷鄰里的稻子，若被發現，便拔刀相向，變為強搶，長大後成為屢行劫盜的慣犯。一次，爬在船幫上伺機行竊時，被船上的人砍掉左耳。同鄉王廣之愛其勇，常常帶著他出兵打仗，因戰功卓著，齊時即已官至驃騎司馬，封魚復縣伯。蕭衍起兵反齊時，他歸附，封豐城縣公。由於他是個文盲，手下又豢養了一批縱姦行私的小人，很容易被蠱惑、煽動起疑心，再加上江湖義氣，遂擁兵叛梁，事敗入魏。〈與陳伯之書〉所寫此人的背景大致如上。

## 蕭衍：皇帝・佛徒・詩人

梁太清二年（五四八年）八月，侯景自壽陽起兵叛梁，他與早有謀篡之心的臨賀王蕭正德裡應外合，迅速渡過長江，包圍建康，並於太清三年三月攻破之，囚禁了梁武帝蕭衍。五月，蕭衍因飢餓與憂憤死去，時年八十六歲。最後他只留下這樣的慨嘆：「這個天下自我得之，自我失之，還有什麼遺憾！」梁武帝何以雄踞寶座四十八年，卻在短短八個月中身陷賊手？當時各路勤王人馬多達三十萬，而侯景所部僅八千，他又何致於城破被俘？這裡面有很多值得敘說的故事和教訓。

蕭衍，字叔達，宋孝武帝大明八年（四六四年）生於秣陵縣同夏里（今南京故報恩寺附近），是漢初名將蕭和的後代，與齊高帝蕭道成同族。他的父親蕭順之曾為高帝立下過汗馬功勞，但一直未得重用。蕭衍自幼就刻苦讀書，博學多識，文韜武略，遠近聞名。二十一歲做東閣祭酒時，王儉就很欣賞他：「此蕭郎三十以內能做侍中，三十以後則貴不可言。」蕭衍當時還經常到齊竟陵王蕭子良的西邸與一些愛好文學的朋友聚會，經常見面的有沈約、謝朓、范雲、王融等七人，時稱「竟陵八友」。蕭衍的學識深為他們所敬服，識見過人的王融常對人說：「這個人將來定能統治天下。」蕭衍的文武才幹在齊末權力鬥爭和對外戰爭中表現得最充分。建武元年（四九四年）由於幫助齊明帝蕭鸞殺武帝諸子被迅速提升。在稍後幾年的對魏作戰中憑藉超人的識見和勇氣贏得巨大威望。魏帝甚至這樣警告部將：「聞蕭衍善用兵，勿與爭鋒，待吾至；若能擒此人，則江東吾有也。」因此齊明帝在重用他的同時也很不放心，為避疑忌，蕭衍解散了自己所率部隊，出入乘坐的是折掉犄角的牛所拉的車。經過幾年運籌，齊明帝死前他已被任命為輔國將軍、雍州刺史，督管齊朝北部和西北部的軍政事務。蕭寶卷即位後殺戮朝廷大臣，亂事遍起，蕭衍趁機起兵奪取了政權，建立梁朝，年號「天監」（五〇二年）。

由於清醒地總結了宋、齊興衰的歷史教訓，蕭衍即位後倡導勤儉持政，而且從自己做起。他的穿戴鋪蓋都是幾年才換一次，平時只吃青菜，連祭祀也不用牛羊一類牲畜。在他的帶動下形成了樸素廉潔的好風氣。同時，他還注意廣開言路，了解民情，在公車府設謗木函，收集有關對朝政的議論；設肺石函，收集被埋沒的人才和被欺壓的百姓投訴。他更關心吏治，按照清廉、精幹的標準選用地方官，破除了士族與寒門的界限。如當年的西邸舊友沈約雖有卓著文名，且出身高門士族，但於政事識見不高，只知唯唯聽命，蕭衍對他只是恩禮有加並未重用，甚至連個地方官也沒讓做。而他精心挑選的主要輔臣大都精明強幹，克己奉公。如：徐勉精力過人，即使文案如山，座客滿席，也能手不停筆，對答如流；韋睿治軍嚴明，善於用兵，有「韋虎」之稱。在這些德才兼備的輔臣幫助下，梁初二十多年間國勢蒸蒸日上，出現了魏晉以來未有過的興旺局面。

但是進入後期，他犯了許多嚴重錯誤，最嚴重的是佞佛誤國。自天監三年（五〇四年），捨道歸佛便以自己的皇權為手段推行佛教。天監六年下令圍剿范縝的〈神滅論〉，並親撰〈敕答臣下神滅論〉，給范縝扣了一些大帽子。這個身份特殊的佛教徒還不惜人力、物力鑄造各種質料和規格的佛像，建築各式金碧輝煌的高剎寶塔。更為嚴重的是，蕭衍竟以皇帝之尊，數次捨身佛門，時間最長的一次達三十七天，耗費國庫數以億計的錢財「贖」他還朝理政。在他的影響下，全國崇佛之風盛行，各地寺院林立，僅建康一地就有僧尼十萬，弄得勞民傷財，國庫空虛。

為避免宋齊兩代皇族骨肉相殘的歷史悲劇，梁武帝對兄弟子侄仁愛有加，嚴教不足。他的六弟蕭宏搜刮的財物積滿百間庫房，僅錢幣就有三億以上。蕭衍檢查他是否私藏武器時，指著他搜刮的東西說：「阿六，你生意大好。」蕭宏北伐時臨陣脫逃，造成慘重損失，卻逍遙法外，甚至還升官晉爵。武帝對有罪朝官也同樣心慈手軟，助長了貪官汙吏的氣焰。貪官魚弘甚至聲言自己做郡太守要使「水中魚鱉盡，山中獐鹿盡，田中米谷盡，村中民庶盡」。種種錯誤長期浸淫，終於釀成「侯景之亂」。至為可憫的是，在台城被圍困長達四個月的時間裡，三十萬勤王大軍各懷私心，見死不救，其中有他的愛子邵陵王蕭綸，有勤王統帥柳仲禮（其父柳津也被困在城中）。當戰事迫至眉睫時，武帝曾問計於柳津，柳津悲愴地說：「陛下有邵陵，而臣有仲禮，不忠不孝，還有什麼指望！」一世英雄竟落得如此結局！

在南朝諸帝中，蕭衍是比較博學且愛好文學的一個。他工書法，通音樂，對儒、道思想都頗為諳熟，尤其精研佛教，著有經學、佛學著作多種。在文學方面，早年即已聲名卓著，是蕭子良府上的「竟陵八友」之一；即位後，對於文學的愛好依然不衰，對文人學士賞用有加，形成文學創作與批評的繁榮，鄭振鐸說：「蕭衍他自己是竟陵八友之一，天生的一位文人的東道主，他自己又是那末的工於為詩。故集合他左右的詩人們，是較之前一個時代更為眾多，也更為活躍。」（《插圖本中國文學史》）

他的詩現存九十多首，因為他很愛好民歌，所以其中半數以上是樂府詩，而且多數是模仿南朝民歌。

# 博學多通的全才柳惲

柳惲，字文暢，生於宋泰始元年（四六五年）。少有志行，好學，善詩文，好琴棋，精通醫術和占卜，可謂多才多藝。他的多方面愛好和成就，與其家庭教養是分不開的。他的父親柳世隆，宋時即為孝武帝劉駿所賞識，曾任上庸太守。宋末亂中，參與蕭道成、蕭賾的奪權鬥爭，其才幹深得賞識與信賴。仕齊，初為南豫州刺史，晉爵為公，歷散騎常侍、尚書左僕射、左光祿大夫及侍中等職。柳世隆是一個文武全才的官吏。入齊後，於政事就不太參與了，但酷愛讀書，曾向高帝蕭道成借秘閣書，得二千卷，史稱其「性清廉，唯盛事墳典」。為此，張緒曾經問他：「觀君舉措，當以清名遺子孫邪？」世隆回答說：「一身之外，亦復何須。子孫不才，將為爭府；如其才也，不如一經。」可見他把知識修養看得多麼重要。至於晚年，他專以談義為業，又善彈琴，世人稱他是士品第一。他自己也常常說：「馬槊第一，清談第二，彈琴第三。」此三事頗能概括他一生的志趣與修養。柳世隆也善於卜筮，看龜甲紋。傳說齊永明初年，他就精確地預測到自己將在永明九年（四九一年）去世，齊也將進入末世。柳惲的大哥柳悅少有清致，二哥好學工文，尤曉音律。由此可見，柳惲的愛好與才能的養成跟其父親的遺傳和家庭的薰陶是有直接關係的。

柳惲與陳郡謝瀹比鄰而居，二人建立了很深厚的友誼。謝瀹讚揚他的品行說：「宅南柳郎，可為儀表。」宋時，柳惲師從於嵇元榮、羊蓋學習彈琴，盡得所傳戴安道（戴逵）琴法之精妙。齊時，竟陵王蕭子良聽說他有此技藝，引為法曹行參軍。柳惲深為子良賞愛。一次，蕭子良在其府邸後園設酒宴，順手將放在身邊的晉謝安傳下的琴遞給柳惲，柳惲彈了一段甚為清雅的樂曲。蕭子良讚道：「卿巧越嵇心，妙臻羊體，良質美手，信在今夜。豈止當今稱奇，亦可追蹤古烈。」後來，柳惲創造了一種擊琴演奏法。當時，他構思一首詩，但思路不暢，很是氣惱，遂以筆捶琴。恰好一個客人來訪，以箸擊琴，柳惲驚訝其哀婉的韻調，於是利用這個旋律創制了一首高雅的樂曲。他還寫了一部《清調論》，總結自己音樂創新的經驗，很有條理和說服力。

他做太子洗馬時，父親去世了。他寫了一篇〈述先頌〉，表達自己的深切思念之情，文甚淒麗。守孝三年後被任命為驃騎從事中郎。

蕭衍義軍兵至建業，柳惲往奔，被任命為徵東府司馬。他上書請求城平之時先收存圖書，建議對城中吏民的安置效法劉邦以寬大為懷，二條意見都被蕭衍採納。入城後升為相國右司馬，自梁武帝蕭衍天監元年（五〇二年）長期兼侍中，並與沈約共同修定新樂律。後又歷任中郎將、刺史、秘書監、太守等職，為政清廉，享有很高聲譽。卒於天監十六年（五一七年），享年五十三歲。

柳惲追求端正質樸的人格，早有美名。年輕時就善於詩文創作，他的〈搗衣詩〉中有一句「亭皋木葉下，隴首秋雲飛」，深得王融讚賞，被他題寫在自己的扇子和書房的牆壁上。梁武帝每次參加宴會，一定要詔柳惲賦詩，其中〈和武帝登景陽樓篇〉中的「太液滄波起，長楊高樹秋。翠華承漢遠，雕輦逐風遊」很是被蕭衍讚美，時人傳為美談。柳惲以文才見知於世，同時自己也是很愛惜人才的。在吳興做太守時，他就把當時還很卑微的吳均召入做主簿，並且經常招待他過府中，吟詩作文，往來酬唱。即使吳均很不禮貌地留詩而別，別後又回，他也毫不見怪，相敬如常。後來為了讓他有更大的發展，將其薦給臨川王蕭宏，最終得見天子蕭衍，並一度深得賞愛。

作為貴宦名流，柳惲對當時所流行的各種技藝都極為精通。一次，齊竟陵王蕭子良甚至因為看柳惲投壺梟（古博戲的一種），而耽誤了上朝面君。齊武帝蕭賾責問為什麼遲到，蕭子良以實相對。武帝又讓柳惲投了一次，果然技佳，賜絹二十匹。還有一次，柳惲跟琅琊王蕭瞻進行射箭比賽，嫌其射靶太寬大，乃摘梅花貼在烏珠上，每發必命中，觀者驚駭。梁武帝喜歡下棋，派柳惲品定棋譜，入選者二百七十八人，分別定其優劣，寫出《棋品》三卷，柳惲自己位居第二。梁武帝對周舍讚揚柳惲說：「吾聞君子不可求備，至如柳惲可謂俱美。分其才藝，足了十人。」能夠讓才學淵博的梁武帝如此欽佩是很難得的。

在柳惲多種多樣的技藝中，文學創作是很突出的一方面，也是他今天能夠為人們所憶及的一個原因。柳惲流傳至今的作品主要是一些具有樂府民歌風格的詩，像〈擣衣詩〉、〈獨不見〉、〈度關山〉、〈長門怨〉、〈江南曲〉等，還有一些酬贈唱和之作，幾乎所有諸作都蘊含著深深的人生感懷，情真意切，有一種動人的意蘊流蕩其間。

# 儒士劉勰的佛門之緣

劉勰，字彥和，祖籍東莞莒（今山東莒縣），僑居京口（今江蘇鎮江市）。約生於宋明帝泰始元年（四六五年），約卒於梁武帝普通元年（五二〇年），是南朝梁傑出的文學理論批評家。祖父劉靈真事跡不見記載，可能沒有出仕或地位較低。父劉尚曾做過越騎校尉，死得很早。所以他小的時候就孤獨地生活，立志從學。因家境貧寒無依未能娶親。齊武帝永明（四八三—四九三年）間，佛教徒僧祐到江南講佛學，劉勰就跟隨僧佑住在定林寺，協助僧祐整理佛經，歷經十餘年之久，博通佛教理論，編定定林寺經藏。

天監二年（五〇三年），開始步入仕途，但只參與朝會，無具體職權。後任臨川王蕭宏的記室、車騎將軍夏侯詳的倉曹參軍、太末（今浙江龍遊縣）令，成績卓著。後來，改為南康王蕭績的記室，又在昭明太子蕭統手下任東宮通事舍人。天監十七年（五一八年）劉勰上奏天子，建議將祭天地、祭社稷改用蔬菜和水果作為供品，得到尚書省的採納。第二年（五一九年）任步兵校尉，繼續兼任通事舍人，深得昭明太子蕭統賞愛。

劉勰是一位虔誠的佛教徒，唯一保留下來的佛教著作是〈滅惑論〉。他站在護法立場上為佛教進行辯護，所述為大乘空宗的一般見解，無甚創見。因此，佛教史上談到南北朝佛道二教之爭時，雖然提到他，但所占篇幅寥寥。他生活的齊梁之際，正是南朝佛學最為興旺的時期。當時傳入我國的佛教為大乘般若學，這種學說以「空」為本，與玄學以「無」為上，在理論上有相通之處，它的義理有利於補充和豐富玄學。因此，得到士族階層的重視，二者同為社會上占統治地位的思想。劉勰出身於沒落士族家庭，自然與社會上這種佛、玄並起的思想相契合，加上青年時代又結識沙門僧祐，受到佛學的薰陶。他在〈滅惑論〉裡為佛學解釋說，佛學和玄學在義理上是有深淺之別，而沒有根本上的牴牾。劉勰站在出家人立場，眼裡的佛學是至高無上的。

此時，道教亦大興，並得到士族的支持，於是和佛教發生對抗。劉勰作〈滅惑論〉對佛教思想加以維護。他講，佛教練神，道教練形，是指佛教追求精神上的解脫，即死後成佛；而道教則追求肉體（人）成仙，即長生不死。劉勰認為，道教的長生不死是一個騙局，人受物質世界的局限，怎會不死呢！佛教則從精神修鍊上下功夫，最終使自己的靈魂脫離肉體便可升入天國。

佛教與中國傳統的儒學是個什麼關係呢？劉勰在〈滅惑論〉中用不少筆墨力辯佛教與儒家的禮義倫常無有違背，他以玄學的體用觀論證佛法無邊、包羅萬象，儒家提倡的倫常道德也包括在佛法之內。此種思想既符合劉勰自身的觀念形態，也代表了當時南朝佛儒合流的傾向。

劉勰是在佛學與玄學、佛學與儒學相融合的時代走過來的儒生，儘管他站在佛教的立場，說佛比儒高，但他從小受益的儒學，無論如何也不可能丟棄。他在《文心雕龍‧序志》篇中說，我七歲時，夢見彩雲像錦繡，便攀上去採之。過了而立之年，曾經在夢中拿著丹漆的禮器，跟著孔子向南走去。早上醒來，很高興。偉大的聖人是很難見到的，竟降臨在小子的夢中……於是握筆調墨，才開始寫文章。可見，他是過了三十歲，即在定林寺的後期開始寫《文心雕龍》的。大約經過五六年的時間，於五〇一年左右完成。由於劉勰的社會地位較低，這部書脫稿後沒有引起時人的注意。劉勰卻「自重其文」，頗有信心，決定請名重文壇的沈約品評自己的書稿。由於當時沈約官高爵重，門禁森嚴，無由自進，所以他才候於門外，等待沈約出來。

劉勰在門外等了多時，才見一個神態威嚴、鬢髮斑白的官員在侍衛的簇擁下走了出來。

劉勰趕緊提書裝做貨郎在沈約車前擋駕，沈約看在眼裡，便讓劉勰過來，問個究竟，並將劉勰的書稿取過來一讀，感覺寫得不錯，深通文理，便下車邀劉勰入內，待以賓客之禮，共論詩文，十分投機。劉勰走後，他還把《文心雕龍》陳諸几案，經常翻閱。從此，劉勰及其書才逐漸為人所知。

《文心雕龍》為劉勰早期作品。他的思想有一個前期到後期的發展。雖與佛門有緣，十幾歲就結識了佛教徒僧祐，並在定林寺住了十多年，可他著《文心雕龍》時，並未採用佛教為理論指導，因為信仰與著述立說不完全是一回事。著述立說是給後人留下的精神遺產，必受傳統觀念與時代精神的左右，儒學不僅是他的思想基礎，也是世人的傳統信條。在《文心雕龍》中，既然「道」為文之體，那麼「道」自然也就是《文心雕龍》創作之綱。這個「綱」也就自然屬於儒孔子之道，只不過是摻雜進去一些玄學，乃至佛學的一些術語或觀點罷了。

劉勰現存著作除《文心雕龍》外，尚有〈滅惑論〉、〈梁建安王造剡山石城寺石像碑〉，分載於《弘明集》、《藝文類聚》。劉勰約在普通元年（五二〇年）在定林寺削髮為僧，改名慧地，不到一年即去世，終年五十六歲左右。

南朝梁吳均一生博學多才，兼善文史，著作宏富，又喜作小說。魏晉南北朝時，小說雖仍難登大雅，然文人行有餘力，涉足此域者漸多，吳均即是其中之一。這時期方術、道教、佛教的流行為志怪小說的創作提供了社會背景。作為史學家的吳均本不該與志怪小說結緣，除了社會背景發展的影響外，也許還有遊戲於正史之餘的意味，況且當時蒐奇拾遺的野史別傳及小說寫作的興盛，都可能引發吳均寫作小說的興趣。

《續齊諧記》的題名，一說是續《莊子》的「齊諧」。《莊子．逍遙遊》有「齊諧者，志怪者也」。一說是續宋東陽無疑的《齊諧記》。其書已散佚，今存《續齊諧記》一卷十七篇，見於《廣漢魏叢書》、《五朝小說》等。書中內容除神怪故事外，也記錄民間風俗的由來，有些有積極的思想意義和民俗學價值。如記人神相戀的〈清溪廟神〉；諷喻兄弟爭財分家的〈紫荊樹〉；記「七夕」節傳說的〈成武丁〉；記五月節來歷的〈屈原〉等。此外，有的故事敘事曲折有緻，饒有情趣，刻畫形象也有一定技巧，〈陽羨書生〉就是其中較為奇特生動的一篇。

故事源於佛經《舊雜譬喻經》中的梵志作術吐壺與女子故事。晉荀氏《靈鬼志》中也有人物吐吞及求寄鵝籠的情節，主人公為外國道人。

故事的內容是，陽羨（今江蘇宜興）許彥，在綏安（今宜興西南）山中趕路，遇一書生躺在路邊，自云腳痛，見許彥擔鵝籠，就請求寄身籠中。許彥以為戲言，就答應了，書生便進了鵝籠。奇怪得很，籠子沒有變大，書生也沒變小，與鵝同處，鵝亦不驚，許彥擔之亦不覺加重。

許彥來到一棵樹下休息，書生出來對他說：「我略備薄宴請你。」許彥說：「太好啦。」書生就從口中吐出一個大銅盒子，裡面裝滿了各種美味佳餚，擺了足有一丈見方。食具都是銅的，食物香美，世間罕見。酒過數巡，書生說：「以往常帶一女人同行，想邀她出來。」許彥說：「很好。」書生又從口中吐出一個十五六歲的女子，衣著華麗，相貌超群。三人一起吃酒。

一會兒，書生醉倒睡著了。女子對許彥說：「我雖與書生為夫妻，而實懷怨恨。曾私得一男子同行，暫喚他來，君幸勿言。」許彥答應後，她從口中吐出一男子，二十三四歲，寒暄幾句，三人坐下飲酒。突然書生似要醒來，女子忙吐出一錦緞屏風把自己和書生擋住，二人就一起睡下了。

他們睡著，男子對許彥說：「這個女人雖對我有情，但我的感情並非專一於她，所以我又私得一女人同行。請為我保密！」許彥點頭。他又吐出一個二十幾歲的女子，一起喝酒，戲談甚久。聽到書生將要睡醒，男子馬上把他吐出的女人放回口中。

屏風中的女人出來又把男子吞了進去，然後在許彥對面坐下來。書生起來對許彥說：「讓你一個人坐了這麼久！天快黑了，該告別了。」說完他把女人和器具放回口中，留下個兩尺大的銅盤。對許彥說：「沒什麼好東西報答你，做個紀念吧！」

晉孝武帝太元（三七六—三九六年）年間，許彥做了蘭台令史，典校圖籍，管理文書。一次請侍中張散吃飯，席間用了當年書生送的盤子。張散仔細看了盤子上的題刻，是東漢明帝永平三年（公元六〇年）製作的。

這篇小說在離奇怪誕的外衣裡包藏的仍是一種社會存在。從中直接解讀出的是社會男女關係中的互相隱瞞、相互欺騙的現象，其深層意蘊則透射到社會中的人際關係。作者以荒誕詼諧的藝術手法，藉男女關係曲寫人與人之間充斥著的欺詐、虛偽和冷漠。這種批判亦是在呼喚著人間的真情與信任。

小說令人叫絕之處是它奇幻絕妙的想象、荒誕詭異的筆法和曲折離奇的情節，給人以奇詭浪漫的審美感受。也正因如此，它受到了後人的重視和好評。明代戲劇大師湯顯祖盛讚其情節「展轉奇絕」（見明凌性德所刻《虞初志》），這或許是湯顯祖戲劇的浪漫精神與小說奇幻的情節靈犀相通所致吧。紀昀亦以小說家的目光評曰「陽羨鵝籠，幻中出幻」（《閱微草堂筆記》卷七），稱道的也是它奇幻浪漫的寫法。魯迅亦稱：「……故其小說，亦卓然可觀，唐文人多引為典據，陽羨鵝籠之記，尤其奇詭者也。」（《中國小說史略》）諸家評論視點均集於了一個「奇」字。

陽羨書生故事由佛經故事演繹而來。關於佛教對小說的影響，胡應麟在《少室山房筆叢》中精闢地論道：「魏晉好長生，故多靈變之說；齊梁弘釋典，故多因果之談。」魯迅先生亦以為，魏晉小說受佛經翻譯和天竺故事影響很大。可見佛教東渡後佛家思想和文學與中國文化的交流與融合。作者吳均正處在佛教熾熾的齊梁時代，自然不免受其影響。但他受到的影響較小，只是藉其形式加以演繹，並未墮入宣揚佛法無邊、因果報應的迷途。

# 體短才高的中書郎王筠

王筠，字元禮，瑯琊臨沂（今山東臨沂）人。他生於齊高帝蕭道成建元三年（四八一年），是王僧虔的孫子。幼時機警聰明，七歲能寫文章，十六歲作〈芍藥賦〉，辭藻華麗，已經引人注目。長大後，喜歡清靜，熱愛學習，與族兄王泰齊名。

王泰每次參加朝廷宴會，刻燭賦詩，文不加點，深為梁武帝嘆賞。沈約當時常對人說：「王有養（泰小字）、炬（筠小字），謝有覽、舉（謝莊的孫子）。」他對王筠可謂獨具慧眼，曾對僕射張稷說：「王郎非唯額類袁公（指王筠的外祖父袁粲），風韻都欲相似。」而張稷則指出二人的重要區別：「袁公見人輒矜嚴，王郎見人必娛笑。唯此一條，不能酷似。」因為酷愛其文才，沈約甚至想把自家藏書都送給他，曾說：「昔蔡伯喈（蔡邕）見王仲宣（王粲），稱曰王公之孫，吾家書籍悉當相與。僕雖不敏，請附斯言。」最後深有感慨地說：「自謝朓諸賢零落，平生意好殆絕，不謂疲暮復逢於君。」從此二人成為忘年好友。

沈約曾請王筠給自己的郊外別墅寫下十首景物詩，不加題目，題寫在牆上，並對人說：「此詩指物呈形，無假題署。」意思是，這些詩寫得十分形象，讀過後便可知其內容，不須另加標題。有一次，沈約寫作一篇〈郊居賦〉，但文思不暢，一直沒能完成。他請來王筠，把草稿拿給他看。王筠讀到「墜石磓星」及「冰懸（坎）而帶坻」兩句，不覺擊節稱賞。沈約高興地說：「知音者希，真賞殆絕，所以相邀，正在此數句耳。」王筠也常把自己的作品送給沈約看，令沈約既慚愧又嘆服。王筠寫詩又能用強韻（生僻罕用的韻），每逢聚飲賦詩，辭必妍靡。沈約對梁武帝說：「晚來名家沒有超過王筠的。」在進宮赴宴時，對王志說：「你侄子文章之美，可謂後來獨步。謝朓常跟我說『好詩圓美流轉如彈丸』，近來讀過他幾首詩，才知此言不虛。」明代張溥對他們的友誼頗有感慨地贊道：「當日兩人情好相得，詩文互賞，郊居佳句，唯元禮能讀，好詩彈丸，非隱侯莫為知音也。」（《王詹事集》題詞）

王筠從尚書殿中郎累遷至太子洗馬、中舍人，並掌東宮管記。昭明太子蕭統也十分喜愛文學，延攬文士，常與王筠及劉孝綽、陸倕、到洽、殷鈞等遊宴玄圃。太子獨執王筠衣袖，撫著劉孝綽肩頭說：「所謂左挹浮丘袖，右拍洪崖肩。」這是借用郭璞〈游仙詩〉中兩句，浮丘、洪崖是傳說中二位仙人，藉以稱讚二人有仙風道骨之神姿。由此可見王筠被推重的情形。

後來，王筠做了中書郎，奉梁武帝之命，撰寫開善寺寶志法師的碑文，文辭甚為華美飄逸。他也寫過不少表、奏、賦、頌等。中大通三年（五三一年），昭明太子去世，王筠撰寫了一篇悼文，再度引起眾人矚目。不久，他出為臨海太守，因為官貪利聚財，多年未得到升遷。也許正是因為這一原因，王筠家資頗厚，但性格較儉吝，穿的衣服粗糙又破舊，所用畜力也只餵草料。梁末動亂中，他的宅第被焚毀，暫時借住在蕭子雲家裡。一天夜裡，盜匪忽來襲劫，王筠驚懼墜井而亡。這年是太清三年（五四九年），他享年六十九歲。其家人十三口也同時遇害，屍體都被拋入井中。

王筠容貌醜陋，個子矮小。雖然貪吝金錢，但待人性情弘厚，從不以自己的文才名望驕矜於世人。時人推崇他的文章，卻不知他在文章之後流了多少汗水，費了多少心血。他曾對自己一生的讀書寫作生活做過這樣的總結：「余少好抄書，老而彌篤，雖偶見瞥觀，皆即疏記。後重省覽，歡興彌深。習與性成，不覺筆倦。自年十三四，建武二年乙亥，至梁大同六年，四十六載矣。」就是用這樣的方法，他遍讀經史，重要典籍讀至七八十遍，並手抄各種書籍一百餘卷。王筠對自己的文章世家傳統甚為自豪，曾說：「史傳稱安平崔氏及汝南應氏並累葉有文才，所以范蔚宗云『崔氏世禪雕龍』。然不過父子兩三世耳，非有七葉之中，名德重光，爵位相繼，人人有集，如吾門者也。」見聞廣博的沈約曾說：「自開闢以來，未有爵位蟬聯、文才相繼如王氏之盛。」伴隨自豪感而來的責任感不僅使他嚴於自勵，勤學不輟，並且嚴格督導晚輩。在中國歷史上，像這樣的世家望族，對文化、歷史的影響常常是巨大的。王筠一生著述十分豐富，以一官為一集，計有《洗馬》、《中書》、《中庶》、《吏部》、《左佐》、《臨海》、《太府》各十卷，此外還有《尚書》三十卷，共一百卷。今存張溥輯本《王詹事集》，在《藝文類聚》中也載有他的許多作品。

王筠現存作品各體皆有，如詩、賦、碑、表、書、箋等。他寫作的年代基本在梁代，因而也是典型的輕巧流麗的風格。無論寫什麼題材，或遊賞，或閨情，或酬贈，都追求辭藻華美，聲韻諧暢，思緻巧妙，情調流宕逸麗。

# 文人家族，劉氏三駿



南齊武帝蕭賾永明末年，都城建康（今江蘇南京）匯集了大量的才學之士，圍繞著竟陵王蕭子良，形成了一個龐大的文人集團，除「竟陵八友」外，還有一位被稱為「後進領袖」的人物——劉繪。當時文壇上流傳著這樣一句話：「張南周北劉中央。」「張」指言辭敏捷、放達不羈的張融，「周」指辭韻如流、彌為清綺的周顒，「劉」即指劉繪。時人的說法意謂劉繪的才學在二人之間。

劉繪，字士章，彭城（今江蘇徐州）人。初為齊高帝蕭道成行參軍。豫章王蕭嶷鎮守江陵（今湖北江陵），劉繪為鎮西外兵參軍，蕭嶷以「駿馬」相讚。齊明帝蕭鸞時，官至太子中庶子。後幾經官場去留，及至蕭衍以梁代齊，轉大司馬從事中郎。鍾嶸認為，劉繪文學創作的總特點是詞美英淨，但五言詩成就不是很高，故在《詩品》中將其列為下品。

劉繪至少有七子三女，俱有文名。其中有一女嫁與東海（今山東郯城）徐悱，文尤清拔，人稱劉三娘。徐悱死後，劉三娘寫祭文一篇，辭甚悽愴。徐悱父本也想為兒子作一篇祭文，見此文，遂擱筆。在劉繪十子女中，詩文創作應首推劉孝綽、劉孝儀、劉孝威，此三人素有「劉氏三駿」之稱。其中，劉孝綽成就最高。

劉孝綽，本名劉冉，出生於齊高帝建元三年（四八一年），劉繪的長子。他少小聰敏，七歲能文。舅父王融常帶他走親訪友，把他看成神童，並常說：「天下文章若無我，當歸阿士（劉孝綽的小名）。」劉孝綽十四歲時，便可代劉繪擬寫詔誥。劉繪的朋友沈約、任昉、范雲聞其才名後，與之相見，任昉尤相賞好，而范雲則讓自己的兒子范孝才拜他為兄。

梁武帝蕭衍時，劉孝綽任著作佐郎。他曾寫〈歸沐詩〉一首贈任昉，任昉答詩盛讚劉孝綽的人格、文才和政績，為其所重。後來劉孝綽遷官尚書水部郎。一次梁武帝歡宴，命沈約、任昉、劉孝綽等人言志賦詩。劉孝綽作詩七首，梁武帝蕭衍篇篇嗟賞，從此朝中仕宦另眼相待，累遷秘書丞。對此次升遷，梁武帝曾對臣僚周舍有言：「第一官當知用第一人。」昭明太子蕭統好士愛文，並有大量創作。都中群才都想為蕭統結集撰錄，而蕭統卻將此重任交與劉孝綽，令其結集作序。從這兩件事上可知，劉孝綽在當時文名極盛。

劉孝綽少有盛名，因而不免仗氣負才。他因常常譏笑御史中丞到洽的詩文，而遭其嫉恨。劉孝綽兼任廷尉一職時，接妾入官宅居住，而將老母置於原來的私宅，到洽借機彈奏，彈文中有言：「攜少妹於華省，棄老母於下宅。」梁武帝為其掩惡，改「妹」字為「姝」字。但也無濟於事，劉孝綽終被免官。後來梁武帝讓僕射徐勉前去勸慰安撫，並每於朝宴之時，讓劉孝綽侍宴。一次，梁武帝於宴席間作〈籍田詩〉一首，又讓徐勉先給劉孝綽觀看，然後數十人奉詔作詩，梁武帝以「孝綽詩工」為名，即日起為西中郎湘東王蕭繹咨議參軍。劉孝綽晚年抑鬱不得志，梁武帝大同五年（五三九年）去世。

劉孝綽生性清高，每次與同僚於朝中相會時，常與王孫公卿無話可說，而與馬前衛士閒談起來則滔滔不絕。所以時常忤怒朝臣，一生五次遭免官。雖然他仕途不順，文名卻頗盛。《南史・劉孝綽傳》稱：「孝綽辭藻為後進所宗，時重其文，每作一篇，朝成暮遍，好事者咸詠傳寫，流聞河朔，亭苑柱壁莫不題之。文集數十萬言，行於時，兄弟及群從子侄當時有七十人，並能屬文，近古未之有也。」劉孝綽有一子名劉諒，少好學，有文才，特別熟悉晉代舊事，時人號曰「皮裡晉書」。可見，劉氏家族自劉繪起就文風大盛，餘波甚遠。

今天看來，劉孝綽的文學成就並不算很高。他的創作擺脫不了時代文風的影響，從其詩題中，人們就可以知道其主要內容，如〈望月詩〉、〈冬曉詩〉、〈詠眼詩〉、〈淇上戲蕩子婦詩〉、〈贈虞弟詩〉、〈侍宴詩〉等。他也寫過一些抒懷之作，如〈秋雨臥疾詩〉等。

可見，宮體、應制、詠景為其詩歌創作的主要題材範圍，而成就較高的恰是少數詠懷之作。

劉孝綽還有兩個弟弟與他齊名，但他們的文才卻各有不同的方向，劉孝綽對他們有這樣的評價：「三筆六詩。」三即三弟孝儀，六即六弟孝威。

劉孝儀，名潛，字孝儀，為劉繪第三子。他舉為秀才後，累遷尚書殿中郎，受命制〈雍州平等寺金像碑〉，文甚宏麗。晉安王蕭綱鎮守襄陽，任安北功曹史。及蕭綱被立為太子，歷任太子洗馬等職。出使北魏後，累遷尚書左丞，兼御史中丞，在職期間，多有彈奏，無所顧忌，受到時人讚許。後來，劉孝儀出為臨海太守。當時臨海政綱荒疏，百姓少有法紀觀念。劉孝儀到任後，整頓綱紀，勵精圖治，境內秩序安定，民風大變。入遷都官尚書。梁武帝太清元年（五四七年）出為豫章內史，死於侯景之亂中。《藝文類聚》中除收入劉孝儀少量詩作外，更多的是啟表碑論之類文章，可見他為文確實長於為詩。

劉孝威是劉繪第六子，氣調爽逸，風儀俊舉。初為晉安王蕭綱法曹，後歷任太子洗馬、中舍人等職。梁武帝大同中（五三九年左右），有白雀集於東宮，劉孝威上頌讚美，文采華麗。侯景之亂中，卒於安陸。他的詩作特別受到長兄劉孝綽的誇獎，雖多有宮體詠物、奉旨應制之作，但也有很多寫景詠懷的抒情佳篇，如〈帆渡吉陽州詩〉、〈結客少年場行詩〉等，此類詩作於梁代綺靡詩風中注入了少有的陽剛之氣。

在我國古代文學史上，一門之中有如此眾多各具風采的文人騷客，實屬罕見，他們為六朝梁代詩文的豐富和發展貢獻了力量。

# 南齊帝裔，蕭氏群英

南朝宋、齊、梁、陳四代，自四二〇年起，至五八九年止，共歷經一百六十九年。其中有二十七位皇帝君臨天下，在位時間最長的是梁武帝蕭衍，前後長達四十八年，但多數帝王統治時間較短，最短的僅幾個月而已。如果平均計算的話，每位皇帝在位僅六年多的時間。在頻繁的政權交接、帝王更替中，皇族命運較之朝臣更為淒慘。別有例外的是，梁武帝蕭衍以梁代齊時，南齊帝裔得以僥倖存活。《南史・齊高帝諸子傳》論曰：「自宋受晉終，馬氏遂為廢姓，齊受宋禪，劉宗盡見誅夷，梁武革齊，弗取前轍，子恪兄弟，並見錄用，雖見梁武之弘裕，亦表文獻之餘慶。」這裡《南史》作者——唐人李延壽發出了由衷感嘆，南齊帝裔蕭子恪等人在梁代得以見用，一方面是梁武帝蕭衍的寬宏德恩，另一方面也是齊豫王蕭嶷的功勞。

蕭嶷，字宣儼，蕭道成次子，寬宏仁雅，有大成之量，深受蕭道成的鍾愛。宋順帝劉準升明二年（四七八年），被封為豫章王。蕭道成建齊，立蕭賾為太子。但因蕭賾辦事有違聖意，遂使蕭道成產生了廢長立次的想法。然而蕭嶷並無此心，對待長兄仍是恭謹有加，所以蕭賾也很喜愛、尊重這個弟弟。蕭賾即位後，對蕭嶷非常信任推重。權高威重的蕭嶷並不因此驕縱狂放，他誡告諸子說：「凡富貴少不驕奢，以約失之者鮮矣。漢世以來，侯王子弟，以驕恣之故，大者滅身喪族，小者削奪邑地，可不戒哉！」臨死前蕭嶷囑咐道：「吾死後，當共相勉勵，篤睦為先。才有優劣，位有通塞，運有富貧，此自然理，無足以相凌辱。」在他的影響和教導下，蕭氏子弟修身養性，勤於筆耕。南齊雖被梁所取代，但帝裔諸後，得以善終，並以文名傳播後世。《南史・齊高弟諸子・蕭子恪傳》云：「子恪兄弟十六人併入梁，有文學者子恪、子質、子顯、子雲、子暉。」

蕭子恪，字景衝，蕭嶷次子。十二歲時曾唱和族兄竟陵王蕭子良而作〈高松賦〉，深受朝中重臣王儉的誇讚。齊明帝蕭鸞建武年間，為吳興太守。當時大司馬王敬則起兵造反，奉蕭子恪為帝，但他卻逃之夭夭。始安王蕭遙光上書勸諫蕭鸞誅殺蕭道成、蕭賾諸子，並已經準備好了棺材。蕭子恪光著腳逃到建陽門，蕭鸞聞聽此事，大呼：「故當未賜諸侯命邪？遙光幾誤人事。」待見到蕭子恪，涕淚交流，任命蕭子恪為太子中庶子，其他六十多人也免於一死。

梁武帝蕭衍稱帝後，蕭子恪位居司徒左長史。蕭衍對子恪等人大加安慰。梁武帝大通二年（五二八年），蕭子恪卒於吳郡太守任上。蕭子恪也非常擅長為文作詩，但沒有文章傳世。

蕭子范，字景則，出生於齊武帝蕭賾永明四年（四八六年）。雖然在前面的引文中，沒有提到他，但他的文學才華也是不能低估的。齊武帝永明年間蕭子范被封為祁陽縣侯。入梁後，官拜司徒主簿，後調任大司馬南平王蕭偉的從事中郎。蕭偉喜愛蕭子范的文章才華，常讚他為宗室奇才。受蕭偉之命，蕭子范制《千字文》，其辭甚美。自此以後，王府中文筆之事皆出自蕭子范之手。蕭子范在各王府中，歷官十餘載，而諸弟早已成為朝中顯宦，因此蕭子范心中意有不平。史載，蕭子范才名與蕭子顯、蕭子雲等相比，不相上下，但只因風采氣度不及諸弟，所以宦途不達。因此，每當讀《漢書・杜緩傳》時，最令他感喟的一句話是：「六弟五人至大官，唯中弟欽官不至，最知名。」人謂此是自況之言。梁武帝太清三年（五四九年）蕭子范去世。

蕭子顯，字景陽，出生於齊武帝永明七年（四八九年）。少小聰敏，深受其父蕭嶷的賞愛。入梁後，位太尉錄事參軍，後官至侍中兼吏部尚書。蕭子顯風神灑脫，氣度雍容閒雅，頗負才氣，每當遇到九流賓客時不與交談，舉扇一揮而已。東宮太子蕭綱知其為人，雅好相交。一次，眾人於東宮飲酒之際，蕭子顯起身出去更衣，蕭綱對在座的各位言道：「常聞異人間出，今日始見，知是蕭尚書。」後出為吳郡太守。他死後，家人請賜謚號，蕭綱手書八個大字：「恃才傲物，宜謚曰驕。」

蕭子顯除了像其他兄弟那樣能詩擅文外，在史書著述方面也頗有成就。他博採眾家《後漢書》，考證同異，為一家之言，編成《後漢書》一百卷。書成後，又啟奏梁武帝蕭衍，撰《齊書》六十卷（今稱《南齊書》）。除此外，蕭子顯還有《普通北伐記》五卷、《貴儉傳》三卷，另有文集二十卷，一生著述頗豐。蕭子顯曾作〈自序〉一篇，其文云：「追尋平生，頗好辭藻，雖在名無成，求心已足。若乃登高目極，臨水送歸，風動春潮，月明秋夜，早雁初鶯，開花落葉，有來斯應，每不能已也……少來所為詩賦，則〈鴻序〉一作，體兼眾制，文備多方，頗為好事所傳，故虛聲易遠。」可見，他本人的創作基本上是情之所至，有感而發的，他對自己的文學成就也是頗為自信。

蕭子雲，字景喬，出生於齊武帝蕭賾永明五年（四八七年）。他也像蕭子顯一樣喜歡治史，二十六歲即著《晉書》一百一十卷。另有《東宮新記》二十卷，惜今已亡佚。蕭子雲性格沉靜，不樂仕進，風神閒曠，任性不群。

蕭子雲並未秉承父訓，與眾兄弟少有交往。世人認為，此種性情實是少見。雖與自家兄弟如此，蕭子雲與湘東王蕭繹卻深相賞好，如平民之交，其樂融融。為臨川內史時，百姓官吏對其為政也頗為滿意。回京後，蕭子雲官拜散騎常侍，歷侍中、國子祭酒。梁武帝太清三年（五四九年）去世，時年六十三歲。

蕭嶷眾子中，還有一位頗有文名的人，他就是蕭氏兄弟中最小的一個——蕭子暉（生卒年不詳）。蕭子暉，字景光。少小涉學，性情恬靜。曾於重雲殿聽武帝蕭衍講《三慧經》後，作〈講賦〉上奏，甚得稱賞。官位終於驃騎長史。蕭子暉有一首〈應教使客春遊詩〉，詩曰：「上林看草色，河橋望日暉。洛陽城閉晚，金鞍橫路歸。」此詩風格與其兄詩作別無二致，都是齊梁文風的體現。

以上五人是南齊帝裔中最為出色的文學家。他們生於齊代，成名於梁代，所以文學上深受齊梁文風的影響。蕭子范的詩多為寫景詠物之作，出語精巧，屬對精工，音韻和諧華美。如：「霜慘庭上蘭，風鳴簷下橋」（〈望秋月〉）；「春情寄柳色，鳥語出梅中」（〈春望古意〉）；「綠葉生半長，繁英早自香。因風亂蝴蝶，未落隱鸝黃。」（〈落花詩〉）蕭子雲的詩作也同樣是注重技巧、聲韻，用語綺靡巧麗，有時於明新的景色中，顯露出淡淡的清愁。「漁舟暮出浦，漢女採蓮歸。夕雲向山合，水鳥望田飛。蟬鳴早秋至，蕙草無芳菲。故隱天山北，夢想日依依。」（〈落日郡西齋望海山〉）。全詩以和諧的聲韻，精工的造語，描繪了一幅「晚秋暮色圖」，景色明麗，意境幽深。

南朝新體詩有兩種，一是以講究聲病為主要特徵的「永明體」，這是五言詩體。二是抒寫富貴冶蕩情懷，語言通俗、風格流麗輕靡的歌行體，這是七言詩體。前者使詩歌語言聲律化，後者產生了在唐代壓倒五言的七言詩。

劉宋時，鮑照奠定了七言詩體地位。入梁後，蕭衍、蕭繹、蕭子顯等人都成為七言歌行體的積極實踐者。蕭子顯有詩云：「濃黛輕紅點花色，還欲令人不相識。金壺夜永誰能過，莫持奢用比懸河。」又曰：「芳樹歸飛聚儔匹，猶有殘光半山日。莫憚褰裳不相求，漢皋游女習風流。」（〈烏棲曲〉）這首詩被王夫之讚為「麗而不淫」，並且他指出第二句「猶有殘光半山日」為李白〈烏棲曲〉所化用，「遂成為千古絕唱」（見《古詩評選》其一）。《藝文類聚》中所載蕭子顯詩多是此類七言歌行。蕭子顯主張，詩歌語言要通俗，雕飾恰當，流轉輕靡，又要獨中貴族富貴冶蕩胸懷，即在民歌逸盪韻趣中，表達一種富貴冶豔情思。〈烏棲曲〉、〈燕歌行〉、〈東飛伯勞歌〉等，都是這種藝術主張的典型實踐。

總體上看，他們的詩作缺少一份厚重深沉，但是其精緻形式的開拓與創新，對中國詩歌的發展，還是有積極意義的。

# 昭明太子與《昭明文選》

蕭統生於齊永元三年（五〇一年），字德施，小字維摩，是梁武帝蕭衍的長子，梁天監元年（五〇二年）十一月立為太子。蕭統天賦很高，三歲學《孝經》、《論語》，五歲既已遍讀《五經》。梁武帝很喜歡他，經常到東宮去看望，有時候還住上幾天。蕭統十二歲那年，在宮中看見獄官審案，就問：「這個穿皂衣的是幹什麼的？」隨從告訴他：「是掌管刑獄的。」蕭統看了他們斷案的材料，說：「這些東西我都能讀懂，能不能讓我審？」主審官看他年幼，開玩笑似的說：「行。」那些案子都是很嚴重的刑事犯罪，可蕭統一律判打五十大板。主審官面對這樣的結論不知如何是好，就呈報給梁武帝，武帝笑著依其所判。從此，經常讓蕭統旁聽審案，每次碰到要從寬發落的，就讓他審定。這從一個側面反映了蕭統寬恕仁厚的性格。這種性格在孝行上得到了最高體現。蕭統九歲時，母親丁貴嬪得了重病，他回去朝夕侍候，衣不解帶。從母親死後直到出殯，他一點東西也沒吃，還經常因為過分悲痛哭得昏迷過去。梁武帝為此下詔訓導他說：「毀不滅性，聖人之制，不勝喪比於不孝。有我在，哪得自毀如此？」並強制他進食。即便如此，他也只吃一點點，弄得蕭衍也跟著上火生病。

蕭衍自從給太子加了成人禮，便有意識地鍛鍊他的理政才能，把裡裡外外的政事交給他辦。蕭統對各種事物都比較了解，對奏章中錯謬之處都能詳加辨析，令有關的人員改正，但沒有彈劾任何一人；在審理案件時也多有寬宥，百姓無不稱道他的仁愛。正因為這種愛心，他在日常生活中也力行簡樸，不蓄女樂。每遇災變或戰爭等非常之事，便節衣縮食，並派自己身邊的人走街串巷，訪察民情，對家庭生活困難或無家可歸者賑濟衣、食等物，對死後無人收斂者賜棺木掩埋。他對百姓承擔的沉重賦役十分同情，並盡自己所能地減輕他們的負擔。中大通二年（五三〇年）春天，梁武帝準備徵發民工開鑿一條水道，蕭統上書陳明利弊，使他放棄了這個計劃。

武帝雖然很器重太子，但也多有疑心和忌諱。丁貴嬪去世時，蕭統曾派人選了一塊墓地。可太監俞三副為能在買地的交易中撈取好處，就對武帝說那塊墓地對他不利，於是蕭衍讓他去買。後來有一個善於看風水的道士說墓地於蕭統不利，為防災病他把蠟鵝和其他一些東西埋在墓穴裡。武帝核知後想要追究太子的責任，被徐勉勸止，只把道士殺了。此事在蕭統心理上投下很濃的陰影。中大通三年（五三一年）三月蕭統因在湖中摘芙蓉落水受傷不治病逝，時年三十一歲，謚號「昭明」。蕭統的逝世在朝野上下產生很大震動：「朝野惋愕，都下男女奔走宮門，號泣滿路。四方氓庶及疆徼之人，聞喪皆哀慟。」可見他在人民心目中的位置。

蕭統不僅有較突出的政治才能，在文學方面也頗有貢獻，這主要表現在兩個方面。

一是以他為首形成了一個在當時文壇上頗有影響的文學集團。《南史·蕭統傳》記載，他十分愛好文學，每遇遊宴或送行，賦詩至十數韻或作劇韻，都屬思便成，無需改動。他的詩文都收集在明張溥編輯的《昭明太子集》中。由於對文學的興趣及他的特殊地位，在他身邊聚集起很多富有才學的知識分子，像劉孝綽、王筠、陸倕、到洽等人在當時都負有重名，《文心雕龍》的作者劉勰也曾在他的府中當過通事舍人。這些人共同討論讀書問題，探究古今，繼以文章著述來進行交流。他們的集團性活動通過互相砥礪易於使創作進入活躍狀態，產生較大的社會影響。

二是他主持編纂了《文選》，是我國現存最早的一部詩文總集。因其死後被謚為昭明又稱《昭明文選》，該書按時間順序收錄了從先秦到梁代的作家一百三十人，收錄作品五百一十三篇。魏晉以後作品所占比重較大，所選作品均按文體和題材分類編排。從蕭統為其所作序言看，他當時已明確注意到輯入作品的文學性。所以除純文學性的詩、賦兩類，另外收入的文章都很注意是否具有突出的文采。以這樣的標準來衡量，儒家的經書、諸子書和歷史著作均被排除在外。這反映出當時文人的一種十分明確的理論自覺。再從收入作品的體貌看，側重體現「麗而不浮，典而不野，文質彬彬」的美學趣味，明顯偏向文人化的典雅華美，對那些放蕩、空虛的豔情詩和詠物詩則摒而不錄，與梁代文壇上重視雅俗結合的風氣有所不同。因此可以把《文選》看作是對傳統的文人創作的一個匯總，僅用三十卷的篇幅就大體上包羅了先秦以來的重要作品，反映了各種文體發展的輪廓，為後人研究七八百年的文學史保存了重要的資料，提供了方便。

《文選》問世以後，歷代的文人學者都很重視，寫出了許多注釋和研究著作，並進而形成一門獨特的學問——「文選學」。大詩人杜甫把這部書作為教授兒子的課本，叮囑他要「熟精《文選》理」（〈宗吾生日〉）。

北宋初年，「西崑體」盛行，陸游《老學庵筆記》中記載：當時文人崇尚《文選》，從中尋覓典故，研習技巧，甚至有「《文選》爛，秀才半」的說法。由此可見《文選》的深廣影響。

# 蕭綱：傀儡皇帝，香豔詩人

梁簡文帝蕭綱，天監二年（五〇三年）十月生，字世纘，梁武帝蕭衍第三子，昭明太子的弟弟。天監五年封為晉安王。中大通三年（五三一年）被徵入朝，未及入京，其兄蕭統去世，不久被立為太子。

太清三年（五四九年）蕭衍在侯景亂中死去，蕭綱即位，當了兩年徒有虛名的皇帝。當初侯景娶了蕭綱的女兒溧陽公主，因貪戀公主美色常常荒疏政事，屬下王偉經常勸諫，侯景把他的話都告訴了公主，公主十分嫉恨，說了一些威脅的話。王偉知道後，害怕被陷害，於是謀劃廢除蕭綱，然後離間侯景與公主的感情。蕭綱被廢後，王偉與王俊、王修以侯景的名義為他祝壽，他知道將被害，於是盡酣而飲，並且痛切地說：「不圖為樂，一至於斯。」王偉等人趁他喝醉入睡之機，用裝了土的袋子將他壓死。死前他曾夢見自己吞土，就問門客殷不害，殷不害說：「當年重耳得到一塊土而有復國之幸。」其實並非如此。時為梁大寶二年（五五一年），享年四十九歲。

蕭綱幼年聰慧，六歲便能寫文章，武帝不信，曾當面檢驗，他攬筆立成。蕭衍讚嘆地說：「常以東阿（曹植）為虛，今則信矣。」及成年，器宇軒昂，喜怒不形於色，容顏俊美，目光燭人。尤愛讀書，一目十行，辭藻豔發，博綜群言，善談玄理。從十一歲即能理政，即位後亦想有所作為，取年號「文明」，意謂「內文明而外柔順」。但無奈國勢日下，手中無權，誠如幽禁之中的〈題壁自序〉所言：「立身行道，終始若一，風雨如晦，雞鳴不已。弗欺暗室，豈況三光？數至於此，命也何如！」

不過在蕭綱四十九年的人生中，皇帝只做了兩年，大半時間裡他是一個詩人、文壇盟主，同時也是學者。在他周圍聚集了許多士人，形成了一個很有影響力的文學集團。

蕭綱的文學創作影響最大的是宮體詩的倡導和寫作，也是歷來被詬病的。因為這些作品多描寫男女之情及女子的體貌，被認為是荒淫的宮廷生活的反映，並且由於在〈誡當陽公大心書〉中提出：「立身先須謹重，文章且須放蕩」的觀點而引起人們的誤解。其實他本人的道德修養是較高的，《梁書・簡文帝紀》稱其「善德本朝，聲被夷夏，洎乎繼統，實有人君之懿」。以這樣一種德行和身份，蕭綱不可能不維護傳統道德規範對政權的鞏固作用。其所謂「放蕩」不過是指在文學表現的範圍內擺脫道德教化的束縛之意，這有助於擴大文學審美表現的領域和強化文學的抒情本質。就具體創作而言，他作品中的所謂豔情成分至少在梁代宮體詩中並不顯著，比於漢魏的辭賦或南朝的民歌，或都不見得更突出。

# 江總：位高爵顯，「狎客」詩人



在南朝末年，圍繞陳後主叔寶，形成了一個宮廷文人集團，其主要成員有江總、陳暄、孔范等十餘人。這群末代亡國君臣荒於酒色，不恤政事，專與宮中妃嬪宴樂酬唱，自夕達旦，習以為常。其中，江總因位高爵顯，又善寫詩作文，堪稱為首，時人謂之「狎客」。緣此，後人對他多有譏嘲。其實，縱觀江總的家世及其漫長的一生，這種以點帶面的評價是不夠全面的，至少還有一些側面應該進入我們的視野。

江總，字總持，濟陽考城（今河南蘭考）人，生於梁天監十八年（五一九年），是晉散騎常侍江統十世孫，其五世祖江湛官至宋左光祿大夫開府儀同三司，祖父江蒨是梁光祿大夫，有名於時。江總七歲的時候，父親因居喪悲傷過度而去世，小江總是靠外祖父母撫養長大的。江總幼年聰敏，性情淳厚，他的舅舅吳平光侯蕭勵特別喜愛他，曾經對他說：「爾操行殊異，神采英拔，後之知名，當出吾右。」對他寄予了很高的希望。長大後，酷愛學習，有文采。家有藏書數千卷，晝夜相繼，披閱不輟。十八歲出仕為宣惠武陵王府法曹參軍。丹陽尹何敬容開府置佐史，要求以貴族後裔擔任，江總於是又成為何敬容府主簿。後遷尚書殿中郎。梁武帝製作〈述懷詩〉時，江總參與了這首詩的寫作。梁武帝讀了他的詩，深表讚賞。也是在這個時期，江總由於才名得到了尚書僕射張纘、度支尚書王筠、都官尚書劉之遴等幾位高才碩學的推重，並與其結為忘年之交。劉之遴在酬和江總的詩中寫道：「高談意未窮，晤對賞無極。探急共遨遊，休沐忘退食。」對其才學十分欽佩，更表達了他們共同交往中的樂趣。後歷任太子洗馬、臨安令、宣城王府限內錄事參軍、轉太子中舍人。及梁與魏國通好，擬派他和徐陵使魏，但因病未行。

侯景叛亂，進犯都城建康時，梁武帝任命他暫兼任太常寺卿，守護小廟。台城陷落後，他輾轉避難至會稽郡，住在龍華寺。在此期間，他寫〈修心賦〉記敘了這段時事。後來，江總得知他的舅父蕭勃據守廣州，就自會稽啟程投奔而去。梁元帝蕭繹平定了侯景叛亂，徵江總為明威將軍，始興內史，但又碰上江陵陷落，道路不通，未能成行。從此，江總在嶺南流寓有一年之久。

陳文帝陳蒨天嘉四年（五六三年），他又以中書侍郎之官銜被徵聘，入直侍中省。累遷司徒右長史，掌東宮管記等職。後又提升為左民尚書，轉太子詹事，領南徐州大中正。以與太子陳伯宗為長夜之飲，養良娣陳氏為女，太子微行江總捨，上怒免之。不久又歷任侍中，領左驍騎將軍，散騎常侍，司徒左長史，太常卿等職。陳後主叔寶即位後，他更是受到重用和提拔，官爵一路直上，從祠部尚書，參掌選事（官員的資格審查和聘用），轉散騎常侍，吏部尚書，不久又遷尚書僕射。至德四年（五八六年）加宣惠將軍，量置佐史，尋授尚書令，給鼓吹一部，加扶（封建王朝對有功大臣的一種優禮，給予扶掖的人），余並如故……禎明二年（五八八年），進號為中權將軍。建康陷落，入隋為上開府。開皇十四年（五九四年）卒於江都，時年七十六歲。

江總一向遵行道義，又寬和溫厚，喜歡學習，擅長寫作，特別是五言詩和七言詩寫得好，但是傷於浮豔，所以被後主陳叔寶所喜愛。多有側（不正）篇，好事者相傳諷習，影響深遠。陳後主掌政時，江總握有大權，但不修持政務，只是每天與後主遊玩宴飲。因此，國政日頹，綱紀不立。後人認為是江總的過錯。在政治方面，江總的無所作為及由此造成的過失是顯而易見的，無須掩飾。但其中似也有某種值得挖掘的原因和值得同情的理由。他晚年寫有一篇〈自序〉，其中說：弱歲他既已歸心釋教，受菩薩戒，及暮年官陳，更復練戒，深悟若空，以致他居朝為官竟不迎一物，不乾一事。由此可見，這種宗教觀念對其經國治世的消極影響；再加上以一身而屢經亂亡，數被謟嫉，無疑會使他產生種種政治上的失望，更兼以他對自己文學侍從之臣的角色定位，其以「狎客」自居也算有他可以被人理解的地方吧。

我們需要補充，並希望給予客觀、公正評價的主要是他的文學創作。過去因為政治方面的原因而把江總的文學創作也看得一無是處，一筆抹殺。其實，江總的文學創作不僅因其迎合了陳後主的口味而受到重視，更重要的還在於他典型地代表了梁陳時期以新變為條件，以統治者的淫靡生活為基礎而盛極一時的宮體詩風。這是衰頹時代的末世之音，其產生並盛極於民生疾苦、朝代更迭頻繁的南朝時期是有說服力和典型意義的。

## 善作淫詞豔曲的陳後主

晚唐那位流連酒肆青樓、放浪形骸的詩人杜牧，寫過一首深有感懷的詩〈泊秦淮〉：

煙籠寒水月籠紗，夜泊秦淮近酒家。
商女不知亡國恨，隔江猶唱〈後庭花〉。

他在詩中吐露的是對唐室傾頹，危機四伏，而上層統治者卻依然燈紅酒綠、醉生夢死的憂患。他藉以寄託這層意思的〈後庭花〉，就是本篇主人公陳朝末代君主陳叔寶所製作的一首豔曲〈玉樹後庭花〉。由於杜牧此詩的廣泛流傳，「後庭花」一詞就成為聲色亡國的象徵，並且作為一種恥辱的標記貼在後主陳叔寶的臉上。

陳叔寶，字元秀，小字黃奴，宣帝陳頊的嫡長子，梁承聖二年（五五三年）十一月生於江陵，太建元年（五六九年）陳頊即位後被立為皇太子。至德元年（五八三年）繼皇帝位。作為皇帝，陳叔寶不善外交，又狂妄自大，對剛剛奪取北周政權的楊堅疏於防范，反而極為傲慢地說：「想彼統內如宜，此宇宙清泰。」惹得楊堅的朝臣們要討伐他。在內政方面，他荒於酒色，不恤政事，專與左右寵臣、妃嬪美女廝混。《南史》稱其：「常使張貴妃、孔貴人等八人夾坐，江總、孔范等十人預宴，號曰『狎客』。先令婦人襞採箋，制五言詩，十客一時繼和，遲則罰酒。君臣酣飲，從夕達旦，以此為常。」為了能玩得開心，陳後主又造了臨春、結綺、望仙三閣。凡須木料之處，皆採用名貴的檀香木，裡裡外外裝飾得金碧輝煌。他在這裡每與寵妃、愛妾和那些狎客共賦新詩，互相贈答，並把那些特別華麗的詩作為曲詞，製作新曲，令宮女歌之舞之。〈玉樹後庭花〉就是在這樣的環境裡創作的，其目的是讚美深得後主寵幸的張貴妃、孔貴嬪的姿容。張貴妃甚至趁勢參掌政事，援引內外宗族，諂陷執政朝官。陳後主經常與坐在自己膝上的張貴妃共同處理政務。因此，政刑日紊，屍素盈朝；刑罰酷濫，牢獄常滿；稅江稅市，徵取百端。

隋文帝楊堅看到這種情形，對僕射說：「我為百姓父母，豈可限一衣帶水不拯之乎？」下令大造戰船。有人建議這些事情應該秘密進行，他說：「吾將顯行天誅，何密之有！使投柿於江，若彼能改，吾又何求。」接著楊堅又為攻陳大造輿論，羅列了陳叔寶二十條罪狀，書寫三十萬份，散發到江南各地，隨即派楊廣率軍南下。可是所有隋軍入侵的奏報，都被壓下未報。實際上直到陳叔寶知道了這些事情，也未引起重視，他以為自己曾經屢次打敗周、齊的軍隊，也一定能戰勝隋軍，所以，十分驕傲自負地說：「王氣在此……虜今來者必自敗。」依然奏伎縱酒，作詩不輟。告急表章飛遞進宮，他卻常在醉鄉。直到亡國被俘，有的表章尚未拆封。隋軍很快從南北兩面打入宮內，文武百官都逃掉了，只有尚書僕射袁憲、後閣舍人夏侯公韻還留在這個昏君的身邊。袁憲勸他端坐殿上，正色以待。陳叔寶說：「鋒刃之下，未可及當，吾自有計。」於是逃到井邊，要躲到井裡去。袁憲苦勸，不從，夏侯公韻用身體遮住井口，陳叔寶又跟他爭執半天，二人沒有辦法，只得讓他帶著自己寵愛的張妃、孔嬪躲進去。不久，隋軍至，向井內招呼，無有應聲；軍人威脅要扔石頭，才聽到裡面有人喊叫。用繩子往上拉時，甚感沉重，上來之後發現原是三個人。隋文帝聽說這件事，也感到很吃驚，當真沒有想到他竟這樣的荒淫無恥。李白有詩譏刺道：「天子龍沉景陽井，誰歌〈玉樹後庭花〉。」（〈金陵歌送別范宣〉）入隋以後，隋文帝寬宥了他的罪過，還曾幾次召他侍宴，後主竟無恥地伸手要官號。文帝聽到他這個要求時說：「叔寶全無心肝。」這個全無心肝的亡國之君，每天只知吃肉喝酒，耽醉不醒。終於在隋仁壽四年（六〇四年）死於洛陽，時年五十二歲。

陳叔寶是一個荒淫昏庸的皇帝，卻又是一個頗有文才的詩人。圍繞他的一群文人，整日詩酒唱和，淫詞豔曲，連篇累牘。他把其中寫得特別豔麗的作品挑選出來，或由樂工、或由自己譜曲編舞，再由成百上千的宮女加以排練。他用吳聲、西曲等樂府歌調創作過六支曲子：〈玉樹後庭花〉、〈臨春樂〉、〈黃鸝留〉、〈金衩兩臂垂〉、〈春江花月夜〉、〈堂堂〉。現在，這些曲子的聲樂資料都散佚了，歌詞也只剩下了他自己寫的這首屬於吳聲歌調的〈玉樹後庭花〉：

> 麗宇芳林對高閣，新妝豔質本傾城。映戶凝嬌乍不進，出帷含態笑相迎。妖姬臉似花含露，玉樹流光照後庭。

此詩辭句、命意都是典型的宮體風格，只是更增添了一種經過嚴格訓練形成的妖冶淫豔的風味，沒有什麼值得注意的新東西。據說這首詩配上曲調後歌音甚哀。也許是浸透著亡國之君末日之感的不自覺流露吧。

宋郭茂倩編《樂府詩集》中收有他不少仿民歌的小詩。由於受到民歌情調影響，其有些作品的題材超越了宮體詩的狹窄範圍，並寫得清新流麗或質樸自然，前者如〈採蓮曲〉，後者如〈有所思〉等。另外值得注意的作品還有〈同江僕射遊攝山棲霞寺〉：

時宰磻溪心，非關狎竹林。鷲岳青松繞，雞峰白日沉。天迥浮雲細，山空明月深。摧殘枯樹影，零落古藤陰。霜村夜烏去，風路寒猿吟。自悲堪出俗，詎是欲抽簪？

這首詩景色描寫非常細膩生動，從傍晚到深夜的棲霞寺景色特徵，都被準確地捕捉入詩。其中「天迥浮雲細」以下四句，精緻微妙，尤為可愛。

## 北方鵬舉，晉宋風流

明末清初大學者王夫之在《古詩評選》中，對溫子昇有這樣的評論：「江南聲偶既盛，古詩已絕。晉宋風流僅存者，北方一鵬舉耳。」

溫子昇，字鵬舉，生於北魏太和十九年（四九五年），自稱是太原（今山西太原）人，晉大將軍溫嶠的後代，原本世代居住在江東。祖父溫恭之是宋彭城王劉義康戶曹，為了避難逃到北魏，定居於濟陰冤句（今山東菏澤縣西南）。父親溫暉，兗州左將軍長史，行使濟陰郡事務。溫子昇最初接受崔靈恩、劉蘭二人的教育，專心致志，勤學不輟，因此博覽百家，文章寫得清麗婉約。溫子昇起初地位卑微，在廣陽王元深的馬坊教少年奴僕讀書。一次，他為侯山祠堂寫了一篇碑文，常景看到此文，甚為欣賞，就去拜訪元深，對他說：「我剛才去看望溫子昇了。」元深感到很奇怪，便問為什麼。常景說：「溫子昇是很有才華的啊！」元深因此才對他稍有瞭解。

魏孝明帝元詡熙平（五一六—五一八年）初年，中尉東平王元匡廣招善於作詩文的人以充御史，同來應試者達八百多人。溫子昇與盧仲宣、孫搴等二十四人考得高品第。當時預選者爭相託人引薦，元匡卻派溫子昇擔任此職，餘者皆受屈而去。孫搴對人說：「朝來靡旗亂轍者，皆子升逐北。」那時溫子昇才二十二歲，台中彈劾之文就都委派給他了。

後來，李神俊督辦荊州事務，引薦溫子昇兼錄事參軍，但不久被吏部徵聘入省。李神俊上表試圖留用，吏部郎中李獎退表不許，於是還省候聘。及廣陽王元深作東北道行台時，招為郎中。黃門郎徐紇處理答覆四方表啟，獨於廣陽王處下筆謹慎，害怕出現差錯，為子昇恥笑，因說：「彼有溫郎中，才藻可畏。」後來，元深率軍與葛榮交戰，敗北，溫子昇被俘。但巧遇當時任葛榮軍中都督的和洛興，二人是老相識。和洛興便派幾十人馬，偷偷護送他脫離險境。輾轉返回到洛陽以後，李楷握著他的手說：「卿今得免，足使夷甫慚德。」李楷所謂夷甫，是西晉大臣王衍，喜談老莊，所論義理隨時更改，時人稱為「口中雌黃」。永嘉五年（三一一年）為石勒所俘，勸石勒稱帝。李楷以他相比，是稱讚子昇的志節。但從此以後，溫子昇再也沒有出仕為官的願望了，只是閉門讀書，勵精不輟。

及孝莊帝元子攸即位，以溫子昇為南主客（官名，負責對外接待事宜）郎中，修起居注。有一天，溫子昇沒去上班。當時，上黨王元天穆總領尚書事，要體罰他。溫子昇聽說此事，就跑掉了。元天穆非常生氣，向莊帝申請換人。莊帝說：「當世才子不過數人，豈容為此便相放黜。」沒有批准他的請求。後來元天穆要討伐邢杲，召溫子昇同行，溫子昇沒敢答應。元天穆對人說：「吾欲收其才用，豈懷前忿也。今復不來，便須南走越，北走胡耳。」溫子昇不得已去見他，被任命為伏波將軍，為行台郎中，元天穆很了解和欣賞他。元顥入洛陽時，元天穆召溫子昇問計。溫子昇答道：「您因為武牢失守，以致如此狼狽。元顥剛到，人們情緒心理極不安定，現在前往討伐，必能輕鬆獲勝。您如果攻克收復京師，迎接皇帝回京，此乃桓（齊桓公）、文（晉文公）之舉。放著這樣的好事不做而欲北上，我真替你感到惋惜。」元天穆認為這一想法很好，但終於沒有採納。

他派溫子昇回到洛陽，元顥讓他做中書舍人。莊帝回京後，給元顥效命的人多被廢黜，而溫子昇還任舍人。元天穆經常對他說：「恨不用卿前計。」

當時，梁朝使臣張皋曾抄寫了溫子昇的許多文章，傳到江南。梁武帝蕭衍稱讚說：「曹植、陸機復生於北土，恨我辭人，數窮百六。」洛陽王暉業曾經說：「江左文人，宋有顏延之、謝靈運，梁有沈約、任昉，我子昇足以陵顏轢謝，含任吐沈。」雖未免誇張，但足證時人對他的愛重。溫子昇日常生活裡不拘小節，頗為人譏議。從前任中書郎時，嘗到梁客館接受國書，服飾拖沓，不修邊幅。為了替自己的行止辯護，就對人家說：「詩文好作，但要寫得曲折多姿就難了。」以此比附自己的不尚修飾。

東魏武帝五年（五四七年），溫子昇被權臣高澄懷疑參與謀反，所以在他為高歡（高澄的父親）寫畢〈神武碑〉後，就被投入晉陽獄中，最終飢餓而死。溫子昇死後，屍體被拋在路邊角落裡，家人被罰為奴。太尉長史宋遊道掩埋了他的屍體，又收集了他的文章，編成三十五卷。現存明張溥輯本《溫侍讀集》。

溫子昇的詩現存不多，其中有幾篇短小的樂府詩，從多方面展示了北魏的生活畫面。〈安定侯曲〉寫封疆大吏驕狂自得的生活享樂，鐘鼓自相和，美姬善歌舞。〈敦煌樂〉描寫了北方人淳樸、好客的爽朗性格，也發自內心地表達了對北方文化的熱愛：「客從遠方來，相隨歌且笑。自有敦煌樂，不減安陵調。」而北方人的豪爽性格，最突出地表現在一群少年人的身上，試讀〈白鼻〉：

少年多好事，攬轡向西都。
相逢狹斜路，駐馬詣當壚。

這首詩描寫了一個生活中的典型情境：一群少年意氣相投，相攜攬轡，準備馳縱長安。半路上又遇到一群好友，於是結伴到酒館中去喝酒。作者把他們豪俠仗義而又心無城府的性格，簡練地顯現出來。他選用了普通常見的題材，卻也是能比較完整地顯示這一性格的好題材。因此，作品雖然篇幅短小，但很出色地勾勒了富有動感的畫面，繼承了北方文學的傳統，與當時南方文壇上盛行的靡弱詩風相比，當然更具特色。

在一般選本中常常入選的〈搗衣詩〉，代表了其詩歌的另一特點，即對南方文學的學習和吸收：

> 長安城中秋夜長，佳人錦石搗流黃。香杵紋砧知近遠，傳聲遞響何淒涼。七夕長河爛，中秋明月光。蠮螉塞邊絕候雁，鴛鴦樓上望天狼。

此詩聲調、用辭以及雜用五言句的形式，都可以在梁代詩中找到藍本；寫得曲折婉約，細膩精巧，則形成了自己的特色。

溫子昇的文章傳世較多。雖然一般多用駢偶，但不重藻飾，比較自然流暢。其中有名的作品是〈韓陵山寺碑〉，據說此文曾受剛到北方的庾信的欣賞。

## 邢邵：博聞強記，文高位顯

邢邵，字子才，河間鄚（今河北任丘）人，生於北魏太和二十年（四九六年），卒年不詳。五歲時，吏部郎崔亮曾預言他能成大器。十歲已能作文，很有才思，聰明強記。少年時住在洛陽，無所事事，專與當時名流以山水遊宴為樂。有一次，挨了雨淋，不能出門，才拿起《漢書》讀一讀。後來，因為實在玩膩了，便開始遍尋經史，潛心閱讀。他讀書的速度很快，一目數行，毫無遺落，而且記憶力特別好。曾經和幾個朋友到王昕家去做客，大家把席間相酬贈的幾十首詩放在僕人那兒。第二天天亮，僕人外出，他們不知詩被置於何處。邢邵就把所有的詩都背誦一遍。待家僕回來，以原稿對照，竟然一字不差。他由於如此博聞強記，文章也寫得典雅漂亮，內容豐富，文思敏捷。不到二十歲，即在上流社會贏得了聲譽，眾人都認為他的才華可與王粲相比。吏部尚書李神俊非常器重他，引為忘年交。

北魏宣武帝元恪時，邢邵被援為奉朝請，後遷著作佐郎，深為領軍元叉所禮遇。元叉官拜尚書令時，舉行慶祝宴會，李神俊、袁翻、邢邵都是座上賓。席間，元叉讓邢邵作一篇謝表，不一會兒即告完成。拿給大家看，李神俊說：「邢邵此表，足使袁公變色。」

北魏孝明帝之後，上流社會攀附風雅，盛為文章。邢邵之文依然獨步當時，每文一出，遠近傳誦，京師為之紙貴。那時，袁翻和祖瑩名位顯赫，文章也很為先達欽重，對邢邵都很嫉妒。當時，洛陽每逢有人加官晉級，都囑邢邵寫謝表。袁翻經常對人說：「邢家小兒常客作章表，自買黃紙，寫而送之。」邢邵害怕因此被其陷害，就跟著尚書令元羅出鎮青州，在那裡整天盡情欣賞山水風光。

北魏永安初年（五二八年），邢邵升遷為中書侍郎。及爾朱榮入洛陽，京師擾亂，他和楊愔避居嵩山。普泰中，兼給事黃門侍郎。太昌初，詔令其長期在宮中當值，給御食，讓他復審尚書、門下事宜。凡任用高級官吏，都先聽取他的意見，然後施行。後來他為侍奉年邁的母親，辭官回鄉，魏帝命當地官府給他派去五個兵丁做侍從，並請他一年回朝一次，以備顧問。

在此期間，北魏與梁朝達成和平協議，要選拔出使的外交官，邢邵與魏收及侄兒邢子明被徵入朝。當時文人都因不持威儀，名高難副，不適合出使。梁朝方面曾問：「邢子才固應是北間第一才士，何為不做聘使？」掌禮賓的官員答覆：「子才文辭實無所愧，但官位已高，恐不再適合出使。」邢卲沒有被派出使，就又回到家鄉。

東魏高澄在洛陽輔政時，聘邢卲為其府上賓客。後官拜給事黃門侍郎，與溫子昇共為侍讀。高澄當時很年輕，初總朝政，崔暹經常勸他禮賢下士，詢訪得失。因為邢卲一向有名望，所以高澄徵聘了他，並且經常單獨召見。邢卲從前就很鄙視崔暹，認為他不學無術，所以與高澄言談之間就說了這種看法。高澄把邢卲的話告訴了崔暹，崔暹頗嫉恨。一次，邢卲想啟用妻兄李伯倫為司徒祭酒，崔暹對高澄說邢卲專擅，因此被疏遠。

此後，邢卲出為西兗州刺史。在當地行德政，無人擊鼓申屈，官員和百姓都很守法。州內有一個定陶縣，距州府五十里。一次，縣令之妻拿了人家的酒肉而不付錢。邢卲當夜派人處理，令其從速退還。因為處置得十分快捷，州人多不知道此事。在西兗州任上，邢卲修整不少廟觀，但只動用軍隊，從不侵擾公私事務。由於為政清明公正，州內官員和百姓為他立了生祠，並刻碑記頌他的功德。及換任，百姓都捨不得他離開，遠相追攀，號泣不絕。

回到洛陽，拜中書令。他鼓勵人口發展，反對崔暹提出的革除舊制的建議，主張依然保持舊制（生兩個男孩賞羊五隻，否則賞絹十疋）；他還建議取消用占卜決定罪犯是否有罪的做法。這些提議都得到了採納。北齊文宣帝高洋時，他官拜太常卿，兼中書監，攝國子祭酒。當時，朝官多數人只任一職，帶領兩個官職的已是很少，而邢邵一下充任三個官職，又是文學界的領袖，頗為世人讚羨。齊文宣帝死後，他被授特進（凡諸侯功德優盛，朝廷所敬異者，賜位特進），不久就去世了。

邢邵性格開朗，作風簡樸，很注意內在品質的修養，親族關係十分和睦。他博覽群書，無所不通，晚年特別注意學習《五經》，深入探討其中道理，吉凶禮儀，公私咨詢，質疑去惑，為世指南。每逢公卿聚議，有關典章制度，邢邵提筆即成，證引精確。帝命朝章，他都能俄頃寫定，詞致宏遠。其文章盛名與溫子昇並稱，溫子昇死後，又與魏收並稱「邢魏」，為「北地三才」之一。

邢邵雖名位和才幹都很高，但並不以此傲物，車服器用，足用而已。他日常起居總是在一間小屋子裡，水果、糕點之類都掛在屋梁上。有客人來訪，就拿下來一起吃。與人交往，不論性格有多麼不同，也不管聰明還是愚鈍，都一樣對待。接待客人時，有時一邊與其高談闊論，一邊解開衣服捉蝨子。邢邵家裡有很多藏書，但從不費力校對，見人校書，就笑道：「何愚之甚！天下書至死不可遍讀，又怎能校對完呢？」邢邵與妻子關係很疏遠，從不到內房睡覺。他自稱，有一次白天去內宅，家犬都不認識他，吠叫不止。說完自己便拍掌大笑。邢邵生性不愛獨自閒居，辦完公事回家休息，總須有賓客相伴。

邢邵現存作品，多是一些實用性較強的碑、表、銘等類文章，多為駢體，辭藻華麗，講究儷偶。張溥在《邢特進集》題詞中對這類作品評價不高：「置學一奏，事關典教，余文無絕殊者。」現存詩歌僅有八首，但都比較可讀。由此看來，其作品如不散失的話，將是一筆頗為可觀的文學遺產。

邢邵不僅政清位顯，詩文名重，思想亦有深邃獨到之處。《北齊書・杜弼傳》載他與杜弼辯論形神問題，他認為「神之在人，猶光之在燭，燭盡光則窮，人死則神滅」。這與南齊范縝的〈神滅論〉堪稱同調，都是反對佛教的神不滅論。

# 魏收：文才蓋世，穢史留名

魏收，字伯起，小字佛助，鉅鹿下曲陽（今河北晉縣南）人，生於北魏宣武帝元恪正始二年（五〇五年）。少機警，行為粗放，不重細節。十五歲時文章已經寫得相當不錯。曾經跟隨父親魏子建遠赴邊地，喜歡練習騎馬射箭，想以武藝顯身揚名。滎陽鄭伯戲諷他說：「魏郎弄戟多少？」魏收甚感慚愧，於是改變志向，發奮讀書。夏天，他坐在板床上，跟著樹陰的移動終日誦讀，床板都被他磨薄了，但讀書的勁頭一直不衰，終於以文才見稱於世。

魏收初仕北魏，任太學博士，吏部尚書李神俊看重其才學，奏請授予司徒記室參軍。北魏孝莊帝元子攸永安三年（五三〇年），又任北主客郎中。節閔帝元恭即位（五三一年），要挑選近侍，下詔讓魏收作封禪書，以檢驗他能否勝任。魏收下筆便就，文近千言，所改無幾。黃門侍郎賈思同在旁邊看到，甚感驚奇，對元恭說：「雖七步之才，無以過此。」遷散騎侍郎，令其掌管修訂《起居注》並修國史，不久又兼任中書侍郎，時年二十六歲。

孝武帝元修初年（五三二年），詔令魏收執持文誥起草工作。雖然事務堆積如山，但他處理得都比較恰當。孝武帝元修曾經發動大批軍隊隨他出行狩獵，長達十六天。時值冬季，朝野嗟怨。孝武帝與隨從官員及諸妃子皆胡服而騎，很不合禮法規範。魏收想勸諫一番，又害怕惹禍，想沉默不語又不能自制，最後還是寫了一篇〈南狩賦〉諷諫此事。孝武帝親筆寫了一封信感謝他的提醒。

當初，權臣高歡堅辭天柱大將軍之號，孝武帝命魏收寫詔，勸其擔任此職。孝武帝又想加高歡相國之位，問魏收相國的品級，魏收據實相答，孝武帝於是打消了這個念頭。實際上，他根本沒有明白孝武帝和高歡的真實想法，當他意識到夾在二者之間的危險性時，便申請解職，被批准了。過了很長時間，又任命他為廣平王元讚的開府從事中郎，他不敢推辭，寫了一篇〈庭竹賦〉，表達自己的思想，不久又兼任中書舍人。當時，孝武帝集團內部出現裂痕，魏收假託有病堅決辭掉了職務。天平元年（五三四年）高歡立元子善為孝靜帝，是為東魏。不久魏收以通直散騎之職使梁，王昕是副手。兩人都是著名的文人，深為梁朝人所敬重。此前，兩國剛剛和好時，天平四年（五三七年），李諧、盧元明首通使命，也都是令人敬重的外交家。梁武帝蕭衍稱讚道：「盧、李命世，王、魏中興，未知後來，復如何耳。」

魏收在那裡買了婢女，其部下有買婢女的，他也叫去，遍行姦穢。梁朝客舍接待人員都因此受到處分。由此看來，魏收是一個有才無行的文人。

孫搴死後，司馬子如推薦魏收到晉陽做中外府主簿。因為工作中出現很多失誤，經常遭受責罰，多受棰杖之苦，很不得志。後來司馬子如奉命出使，又把他推薦給了高歡，並對高歡說：「魏收，天子中書郎，一國大才，願大王藉與顏色。」從此轉為高歡的幕僚，但並未得到特別重視。魏收本希望以文才脫穎而出，獲得名位，實際上很不順利，於是請修國史。喜薦人士的崔暹對高歡之子高澄說：「國史事重，公家父子霸王功業，皆須具載，非收不可。」高澄於是任用魏收為散騎常侍，修國史。

一次魏帝宴請百僚，問何故名「人日」，在座眾人都不知道，魏收答道：「晉議郎董勳〈答問禮俗〉云：『正月一日為雞，二日為狗，三日為豬，四日為羊，五日為牛，六日為馬，七日為人』。」當時邢邵也在一旁，十分慚愧。

高歡入朝，孝靜帝授其相國，高歡固辭。魏收奉命作文相勸，高歡對高澄說：「此人當復為崔光（北魏前以文史名世亦官位顯赫的人物）。」武定四年（五四六年），高歡在一次聚宴上對司馬子如說：「魏收為史官，書吾善惡，聞北伐時諸貴賞餉史官飲食，司馬僕射頗曾餉否？」說完兩個人都哈哈大笑，但仍然對魏收說：「卿勿見元康等在吾目下趨走，謂吾以為勤勞。我後世聲名在卿手，勿謂我不知。」由高歡此言可知史官在權貴們心中的位置。

侯景叛降梁朝，侵犯南部邊境。高澄當時在晉陽，令魏收寫檄文，不到一天就寫了五十多張紙。又寫了一份檄梁朝文，初夜執筆，三更便寫完了七張多紙。高澄非常滿意。孝靜帝曾在秋季舉行射箭比賽，讓大家為此活動獻詩，魏收詩中有云：「尺書徵建業，折箭召長安。」（〈大射賦詩〉）高澄認為寫得雄壯有氣魄，對人說：「在朝今有魏收，便是國之光彩」，還說：他文兼雅俗，通達縱橫，邢邵、溫子昇的詞氣遠不能及。後來，高澄利用魏收的文章取定合州，並對他說：「今定一州，卿有其力，猶恨『尺書徵建業』未效耳。」

高澄死後，其弟高洋（齊文宣帝）欲篡位建齊，魏收參掌機密，其禪代詔書等都是他寫的。當時把他單獨關在一間屋子裡派人在門外把守，不許出來。

齊文宣帝天保元年（五五〇年），任中書令，兼著作郎，封富平縣子。天保二年，詔令其撰寫《魏史》。當時，文宣帝令群臣言志，魏收說：「臣願直筆東觀，早出《魏書》。」文宣帝使其專任，並說：「好直筆，我終不作魏太武，誅史官。」意謂：老老實實寫真話吧，我不會像魏太武帝拓跋燾那樣殺講實話的史官。但他的《魏史》恰恰沒有做到這一點。《北史・魏收傳》稱：「收頗急，不甚能平，夙有怨者，多沒其善。每言：『何物小子，敢共魏收作色？舉之則使上天，按之當使入地。』」試舉兩例：魏收在高歡執掌朝政時為太常少卿，修國史，得到過陽休之的幫助，因此對他說：「無以謝德，當為卿作佳傳。」陽休之的父親陽固在魏為北平太守，因為貪婪、殘暴，被中尉李平彈劾。這件事記載於《魏起居注》，可是魏收的書中卻說：「固為北平，甚有惠政，坐公事免官。」又說：「李平深相敬重。」再如，爾朱榮本是魏朝叛臣，他因為高歡原為爾朱榮部下，而且接納爾朱榮的兒子爾朱金，故減其惡而增其善。

當時就有輿論說魏收寫史書不公正，北齊文宣帝高洋召魏收到尚書省，與投訴的人共同討論問題所在。前後來投訴者達一百多人。由於他借撰史酬德報怨，人稱其所著為「穢史」。文宣帝終於未使其行世，而是讓魏收再仔細加以研審，頗改正了一些錯誤。魏收官至尚書右僕射，位特進，死於北齊後主武平三年（五七二年），死後因著史不公被掘墓曝屍。

在文壇上，魏收比溫子昇、邢邵稍為後進，但後來邢邵被疏遠，出為外任，溫子昇因被疑參預謀反死於獄中，魏收因此得到重用，獨步一時。魏收向以文才自任，經常議論批評邢邵文章淺陋。邢邵則說：「江南任昉，文體本疏，魏收非直模擬，亦大偷竊。」魏收聽到這些話，針鋒相對地說：「伊常於沈約集中做賊，何道我偷任。」兩人雖是互相譏諷，確也從中透露出各自文風的淵源。魏收因為溫子昇根本不作賦，邢邵雖有一兩篇，但並非所長，所以自己特別重視賦的寫作：「會須能作賦，始成大才士。唯以章表碑志自許，此外更同兒戲。」這一點也足以說明，魏收的文學創作有著彌補北朝文壇缺陷的獨特價值和意義。其現存作品有文十五篇，詩十餘首。魏收詩主要模仿南方風格，因為他曾出使梁朝，而自己又輕薄無行，所以其詩多涉豔情。但也有寫景清新生動的小詩，如〈擢歌行五解〉：「雪溜添春浦，花水足新流。桃發武陵岸，柳拂武昌樓。」再如〈挾琴歌〉：「春風宛轉入曲房，兼送小苑百花香。白馬金鞍去未返，紅妝玉箸下成行。」這首詩節奏輕快，色彩明麗，但又不似其豔情詩的冶蕩輕薄，從內容到形式都算他較好的作品了。

## 臣寵兩朝，詩賦俱佳的庾信

庾信是南北朝時期的著名詩人，也是此時期詩歌藝術的集大成者，並因其卓越的文學才能，備受南北朝幾代帝王的寵愛。所以唐人崔塗在〈讀庾信集〉詩中說：「四朝（梁、東魏、西魏、北周）十帝儘風流，建業長安兩醉遊。」對其仕途與詩名在所處時代的地位影響，都作了高度的概括。

庾信，字子山，南陽新野（今屬河南）人，生於梁天監十二年（五一三年）。《北史·庾信傳》稱：「信幼而俊邁，聰敏絕倫。博覽群書，尤善《春秋左氏傳》。」自幼便與父庾肩吾出入梁太子蕭綱的東宮。及長，與徐陵並為抄撰學士。當時庾氏父子與徐氏父子都受到特別禮遇，是蕭綱宮體文人集團的重要成員。後累遷通直散騎常侍，出使東魏歸來以後領建康令。

侯景作亂，梁簡文帝派他率領宮中文武千人守朱雀航。侯景軍至，庾信正食甘蔗，險些中箭，嚇得他扔了甘蔗，倉皇奔逃。台城被陷後，他奔江陵。梁元帝蕭繹即位後，為右衛將軍，封武康縣侯，加散騎侍郎，出使西魏。時西魏大軍正欲伐梁，於是被扣留長安。梁元帝敗降，他只好仕於西魏，累遷儀同三司。北周代西魏，封臨清縣子，出為弘農郡守，遷驃騎大將軍，開府儀同三司，晉爵義城縣侯。不久，又拜洛州刺史。庾信為政簡靜，官民生活安定。

後來陳與周通好，南北流寓之士並許還其舊國。陳要求交還王褒、庾信等十數人。周武帝只放還王克、殷不害等，庾信、王褒皆因愛惜其文才，沒有放還。不久，被徵為司宗中大夫。庾信此後在北周的生活，一方面位望清顯，被尊崇為文壇宗師，深受皇帝及諸王禮遇；另一方面又深切思念故國鄉土，為自己屈仕敵國而羞愧，因不得自由而怨憤。如此以至於老，死於隋文帝楊堅開皇元年（五八一年）。死後贈本官，加荊、雍二州刺史。有《庾子山集》。

庾信的詩歌創作，數量豐富，有二百五十多首。就風格而論，大致有兩類：一類作為主體，是其存詩中占大多數的宮體詩，從時間上看，貫穿了他創作生涯的始終，不僅在梁朝宮廷的幾乎全部作品如此，仕於西魏與北周時與帝王貴宦的大量酬贈之作亦屬此類，正是這類作品贏得了他在當世的崇高聲譽。另一類是入北之後，在經歷了亡國之辱、離鄉之愁、仕敵之羞等巨大生活與思想變遷後創作的，內容渾厚飽滿，風格蒼涼雄健。這類作品在其全部創作中不占多數，卻為他奠定了文學史上的特殊地位。

庾信在詩體方面對唐及其以後詩歌的影響，是廣泛而明顯的。劉熙載在《藝概》中說：「庾子山〈燕歌行〉開唐初七古，〈烏夜啼〉開唐七律，其他體為五絕、五律、五排所本者，尤不可勝舉。」下舉劉熙載所言五律、五絕所本者，略以例示：

淒清臨晚景，疏索望寒階。
溼庭凝墜露，摶風捲落槐。
日氣斜還冷，雲峰晚更霾。
可憐數行雁，點點遠空排。

——〈晚秋〉

陽關萬里道，不見一人歸。
唯有河邊雁，秋來南向飛。

——〈重別周尚書〉其一

前一首寫暮秋景色，陰冷凝重而又清疏曠遠，境界如畫。詩中除「庭」、「墜」、「行」三字平仄不合，上下四句未黏以外，其他與唐代五律沒有什麼差別。絕句體原來由民歌化出，在南朝文人手中已經發展得較為精緻蘊藉，但像〈重別周尚書〉這樣寫得蒼涼遼闊的，在庾信以前還不多見。此詩上下兩聯相黏，句中平仄相協，符合唐代五言絕句的格式，確實有如一首疏曠深蘊的唐人絕句。

在辭賦和駢文寫作方面，庾信都是六朝集大成者，無論當時還是後世，這一點都是被公認的。

庾信的辭賦現存十五篇，〈春賦〉、〈七夕賦〉、〈燈賦〉、〈對燭賦〉等七篇在梁時作，其餘如〈三月三日華林園馬射賦〉、〈小園賦〉、〈枯樹賦〉、〈哀江南賦〉等八篇則為在西魏、北周時作。這些作品以他四十二歲入北為界分為前後兩個時期。

《春賦》中描寫了人們對春日的無比喜愛流連之情，富有風俗美、形象美、情感美、節奏美。此外還表現出明顯的詩賦合流的傾向，對後代文壇產生了深刻影響。

三日曲水向河津，日晚河邊多解神。樹下流杯客，沙頭渡水人。鏤薄窄衫袖，穿珠帖領巾。百丈山頭日欲斜，三晡未醉莫還家。池中水影懸勝鏡，屋裡衣香不如花。

〈哀江南賦〉大約作於周武帝天河年間（五六六—五七一年），它以作者自身的經歷為線索，貫穿敘述了梁朝由興盛到衰亡的歷史過程，總結經驗與教訓，同時抒發了自己身世之悲慨，亡國之浩嘆，對遭受戰亂荼毒的人民也給予了深切的同情。整部作品內容豐富，篇制宏偉，具有史詩的氣魄與內涵，在古代辭賦作品中是罕見的。

庾信的辭賦，可以說是南北朝的集大成者。他的辭賦有明顯的駢儷化傾向，並把大賦的敘事與小賦的抒情結合起來，使賦體大變，節奏感更加鮮明，文學色彩和抒情意味大大增強。

## 王褒：被皇帝待以親戚的詩人

隨著梁王朝的滅亡，一大批文人由於各種原因來到了北方。王褒也是其中之一。他是在梁承聖三年（五五四年）江陵失陷後，隨元帝蕭繹出降至長安的。當時把持西魏政權的宇文家族也頗愛好文學，大力推進北方少數民族的漢化，所以甚為優待這些來到北方的文人們。《北史・王褒傳》說：「褒與王克、劉珏、宗懍、殷不害等數十人，俱至長安。周文喜曰：『昔平吳之利，二陸而已。今定楚之功，群賢畢至，可謂過之矣。』又謂褒及王克曰：『吾即王氏甥也，卿等並吾之舅氏，當以親戚為情，勿以去鄉介意』。於是授褒及殷不害等車騎大將軍、儀同三司。」此處的「周文」即宇文泰。《周書・文帝紀》稱宇文氏的母系姓王，所以宇文泰自認為「王氏甥」。而以王褒、王克為舅氏，他攀附江南高門望族，除政治因素以外，還有出於文學藝術的偏愛和對漢族文化的渴求。正是這一點，保證了王褒在北朝依然擁有很高的地位和聲望。

王褒，字子淵，瑯琊臨沂（今山東臨沂市）人，大約生於梁天監十二年（五一三年），卒於北周建德五年（五七六年）。王褒的家族是南朝望族，曾祖王儉，祖父王騫，父親王規，《南史》都有傳記記載。王褒七歲能屬文，深得外祖父、梁司空袁昂的喜愛，袁對其賓客說：「此兒當成吾宅相。」王褒二十歲被薦舉為秀才，拜秘書郎太子舍人。梁國子祭酒蕭子雲是王褒的姑父，特善草書和隸書。因為是親屬關係，在來來往往中王褒便跟蕭子雲學習書法，聲名僅次於他，深得時人愛重。梁武帝蕭衍因愛其才，遂將自己的姪女嫁給他，繼承南昌縣侯之爵位。歷任秘書監、宣城王文學、安城內史等職。梁元帝蕭繹即位，因有舊日交誼，官拜吏部尚書右僕射。王褒因為是世家名門，文才被時人所重，大家共同推舉，名位始終很高。但他仍然保持謙虛的品格，不以地位驕人。

梁元帝奠都江陵的小朝廷，很快被西魏推翻。王褒入仕西魏及北周，都深得歷代帝王的器重，常從容席上，資贈甚厚，甚至忘掉了自己羈旅身份。歷任開府儀同三司、少司空、宜州刺史等職。

王褒的文學創作在梁代已獲得廣泛影響。例如他所作〈燕歌行〉，通過江南早春與塞北苦寒的對比，巧妙寫盡情人的相思情態，讀來很有美感：「遙聞陌頭採桑曲，猶勝邊地胡笳聲。胡笳向暮使人泣，還使閨中空佇立。桃花落，杏花舒，桐生井底寒葉疏。試為來看上林雁，必有遙寄隴頭書。」詩中通過選擇富有地域特徵的事物，運用流麗婉轉的語言，寫出了徵夫懷鄉、閨婦思遠的情境和心理。據說此詩一出，立即引來了梁元帝蕭繹和很多文士的唱和，但都不如王褒所作哀婉感人。由這篇作品引起的反響，我們可以認識到，梁朝詩歌喜用華麗辭藻結合哀怨情調來處理樂府題材的寫作特點，從而形成既質樸感人又美麗多姿的藝術風格。王褒對這一審美趣味的表現及其所取得的成就在同代人中是十分突出的。

作為一種與入北所寫詩歌的對比，王褒在南朝創作的一些純粹寫景之作也是值得一讀的。如〈山池落照〉：「孤舟隱荷出，輕櫂染苔歸。浴禽時侶竄，驚羽思單飛。」作者用細膩輕巧的筆法寫出了山池在落日晚照中的幽靜安詳，而特別能凸現這種意境的是正在洗澡的野生禽類，它們被晚歸遊人的舟槳所驚，紛紛飛躥。我們可以想象得出這些偶然被驚擾的禽鳥們在天空中飛旋幾圈後還會落下來，進入甜蜜的夜晚和安眠裡。作者筆下靜與動兩種不同狀態的描寫是如此自然地結合在一處筆墨中，恬淡與生機如此和諧交融，因之詩的美感就具有了較強的張力。這也是南朝詩歌經驗多年積累所達到的一種境界。

在王褒的存詩中有一些邊塞詩，這些詩未必都是他被擄入北以後作的，因為在梁朝詩壇上，邊塞詩的創作已相當發達。這個潮流之產生的一個背景在於梁武帝統治的幾十年中社會比較安定，國力日漸強大，梁武帝為統一北方多次派兵北伐。在這種情況下，詩人們會很自然地激發起建功立業、報效國家的激情。因此，艱苦的邊塞戰爭生活在他們的筆下無疑會成為高揚理想、激勵壯懷的最佳題材。另外，梁朝文學又比較注意追求詩歌的抒情力度，描寫邊塞戰爭生活自然是他們實現這一美學追求的最佳選擇。從〈關山月〉所描寫的內容看，它極有可能是在南方作的：

關山夜月明，秋色照孤城。
影虧同漢陣，輪滿逐胡兵。
天寒光轉白，風多暈欲生。
寄言亭上吏，遊客解雞鳴。

這首詩描寫了漢軍一次不太順利的戰役，但它不是直接描繪戰爭場面來說明這一點，而是通過對邊地秋風、寒月、孤城等淒清景物的描寫來渲染戰場上的頹敗氣氛，末句表達了士兵們渴望結束戰爭的淒切心情。這首詩在梁朝文人追求拓展詩歌表現領域、加強詩歌抒情性的努力中是比較突出的。

進入北方以後，由於個人境遇和自然環境的變化，王褒所努力追求的詩歌風格獲得了充實和提高，形成蒼勁挺拔、雄壯深沉的鮮明特點。試讀〈出塞〉：

飛蓬似徵客，千里自長驅。
塞禽唯有雁，關樹但生榆。
背山看故壘，係馬識餘蒲。
還因麾下騎，來送月支圖。

與前引〈關山月〉比，這首詩寫出了真正的氣魄。一向寄寓漂泊感的飛蓬在詩中卻不憚於千里長驅，塞上的風物是單調貧瘠的，但長途奔襲的徵客卻看到了昔日的營壘，戰馬也再次吃到熟知的蒲草。同是描寫一些簡單的景物和自然界的變化，情感與思想的基本傾向卻發生了逆轉，這首詩中輕快、自信的征戰者們以勝利的凱旋結束了自己的征程。同屬此類風格的作品還有〈關山篇〉、〈飲馬長城窟〉、〈入塞〉等，這些作品展現英雄人物及其情懷時，喜歡用陰沉酷劣的自然環境來襯托，兩者互相映照、強化；由於內在的骨氣充壯，作品的語言也擺脫了藻飾，轉多豪放，粗線條的勾勒使風格變得愈益簡練、暢達、硬朗。

被擄入北後，王褒雖多受恩賜，但詩中還是經常不斷地出現國破家亡的孤淒，及由此產生的滄桑感。他的〈渡河北〉就是一篇代表作：

秋風吹木葉，還似洞庭波。
常山臨代郡，亭障繞黃河。
心悲異方樂，腸斷隴頭歌。
薄暮臨徵馬，失道北山阿。

這首詩描寫了詩人故國敗亡、人生失路後感到茫無所依的悲哀，風格是淒切蒼涼的。起首二句，化用屈原〈九歌・湘夫人〉「裊裊兮秋風，洞庭波兮木葉下」，觸發詩人縈繞不去的故國愁思。第二聯交代北上所見。第三聯吐出心中所感，最後把國破家亡、無所皈依的茫然、恐慌推到讀者面前。此詩結構嚴謹，把明寫的渡河所見與暗寫的故國之思巧妙銜接在一起。隨著年歲的增長，羈旅情愁的加深，王褒在一些作品中把國亡家破的感懷化成了一種巨大的遷逝之痛，把人生和自然放進一個闊大的流變過程中，突出其難以把握的有限和渺小，具有深邃的哲理內涵。試讀〈送劉中書葬詩〉：

昔別傷南浦，今歸去北邙。
書生空託夢，久客每思鄉。
塞近邊雲黑，塵昏野日黃。
陵谷俄遷變，松柏易荒涼。
題銘無復跡，何處驗龜長？

總之，王褒詩歌的意義，在於他把經南歷北的豐富經驗融入自己的寫作中，通過詩歌形式和語言技巧，進一步拓展了詩歌藝術的發展道路，為以後唐代詩歌的藝術整合，敷設了階梯。

顏之推，字介，瑯琊臨沂（今山東臨沂市）人，梁湘東王蕭繹鎮西府咨議參軍顏勰之子。曾先後在梁、北齊、北周、隋四朝做過官。約出生於梁武帝中大通元年（五二九年），卒於隋文帝楊堅開皇十一年（五九一年）。

顏之推幼承家學，很早就繼承了祖輩對於《周禮》、《春秋左氏傳》的研究。博覽群書，無不讀遍。年輕時就以詞情典麗而著稱於江陵一帶，被湘東王蕭繹引為左常侍，加鎮西墨曹參軍。他聰穎機悟，博知善辯；奉上舉止得體，應對嫻明。因而仕途得意，常為皇帝所青睞。梁元帝（蕭繹）時，曾任散騎侍郎。梁亡，入北齊，先後任中書舍人、趙州功曹參軍、侍詔文林館、司徒錄事參軍等職。至北周時，被任為御史上士。隋開皇（五八一—六〇〇年）中，被太子召為學士。他文才很高，其詩多承襲齊梁餘風，但較質樸。代表作有

〈古意〉二首，第一首較著名。其詩云：

十五好詩書，二十彈冠仕。楚王賜顏色，出入章華裡。作賦凌屈原，讀書誇左史。數從明月宴，或侍朝雲祀。登山摘紫芝，泛江採綠芷。歌舞未終曲，風塵暗天起。吳師破九龍，秦兵割千里。狐兔穴宗廟，霜露霑朝市。璧入邯鄲宮，劍去襄城水。不獲殉陵墓，獨生良足恥。憫憫思舊都，惻惻懷君子。白髮窺明鏡，憂傷沒餘齒。

這是一首感傷梁室滅亡、自愧不能殉難之詩。題曰〈古意〉，託古以寫今，是怕說得太顯白了會招來禍患。前四句，從幼學壯行、獲逢知遇說起。「作賦」領起六句，文采飛揚，寫主人公的才華及侍從楚室之樂。「歌舞」八句，承上轉落，寫楚因兵災而覆國，觸目傷懷，生禾黍之悲。後六句自愧獨生，而以憂傷終老結住。結尾「白髮」、「餘齒」，與「十五」二句呼應。全詩藉楚國覆亡感懷梁室傾覆，抒寫了亡國之痛。篇中對偶雖多，但不涉纖巧，結構精當勻稱，情調極為哀婉。

顏之推好飲酒，多任縱，不修邊幅，時人多因此而對其有所非議。北齊天保末年（五五九年），以中書舍人（掌撰作詔令之事）隨同文宣帝高洋前往山西天池。時文宣帝令中書郎段孝信將敕書拿去給顏之推看。找到他時，他正在營外飲酒至酣醉，已無法修審。段孝信回去將情況稟告了文宣帝，文宣帝愛其才且知其秉性，只好暫時作罷。顏之推一生雖仕途暢達，歷仕四個朝代，然而他內心卻是很矛盾的，這從他後來的作品中可以看出。一方面他的理想是「不屈二姓，夷（伯夷）、齊（叔齊）之節也」（《顏氏家訓·文章》）；另一方面，面對現實，他因考慮家庭的利益、「立身揚名」而又不得不宣稱「何事非君，伊（伊尹）、箕（箕子）之義，自春秋以來，家有奔亡，國有吞滅，君臣固無常分矣」（《顏氏家訓·文章》）。在《顏氏家訓》中，一方面教育子孫「生不可惜」、「見危授命」，另一方面卻又說「人身難得，有此生然後養之，勿徒養其無生也」。他自己「三為亡國之人」，卻教育後人要「泯軀而濟國，君子不咎」。自身矛盾至此。其晚年作〈觀我生賦〉，陳述家國際遇和一生艱危困苦時說：「小臣恥其獨死，實有愧於胡顏，牽痾疻而就路，策駑蹇以入關。」「向使潛於草茅之下，甘為畎畝之人，無讀書而學劍，莫抵掌以膏身，委明珠而樂賤，辭白璧以安貧，堯舜不能榮其素朴，桀紂無以汙其清塵。此窮何由而至，茲辱安所自臻！」參之〈古意〉詩：「不獲殉陵墓，獨生良足恥。憫憫思舊都，惻惻懷君子。白髮窺明鏡，憂傷沒餘齒。」等詩句，可見顏之推晚年心情頗不寧靜。顏之推的作品，有文集三十卷（已佚）、志怪小說《冤魂志》（一名《還魂記》或《還魂志》）、《集靈記》二十卷（已佚〉及前面提到的〈觀我生賦〉、〈古意〉二首等，但其成就最大的還當屬《顏氏家訓》二十篇。

《顏氏家訓》是一部雜著類散文作品集，旨在傳述「立家之法，辨正時俗之謬，以訓世人」（《四庫全書總目》）。但涉及極廣，對於佛教之流行，玄風之熾烈，鮮卑語之傳播，俗文字之盛興等都作了較為翔實的記錄。它對研討古代豐富的文化遺產，做出了巨大的貢獻。

首先，此書有著重要的史學價值和學術價值。其中記錄的許多歷史人物言行，可與南北朝諸史中的記載相參證或補證。其中的一些學術見解，對於《漢書》、《經典釋文》、《文心雕龍》等的研究都有著重要作用，許多地方都與這些書相通或互補。另外，〈書證〉、〈音辭〉兩篇，為考辨文字、詞義和音韻，提供了寶貴的資料。

其次，該書對於當時南北風尚、學術動向等，都作了明確的記載，並加以品評。如《涉務》云：「梁士大夫，皆尚褒衣博帶，大冠高履，出則車輿，入則扶持，郊郭之內無乘馬者……及侯景之亂，膚脆骨柔，不堪行步，體羸氣弱，不耐寒暑，坐死倉猝者，往往而然。」〈教子〉云：「（北）齊朝有一士大夫，嘗謂吾曰：『我有一兒，年已十七，頗曉書疏，教其鮮卑語及彈琵琶，稍欲通解，以此伏事公卿，無不寵愛，亦要事也。』」可見南北風氣之日下竟至於此。〈勉學〉云：「梁朝全盛之時，貴遊子弟，多無學術，至於諺云：『上車不落則著作，體中何如則秘書。』無不薰衣剃面，傅粉施朱，駕長簷車，跟高齒屐……」〈文章〉則尖銳地批判了「趨末棄本，率多浮豔」的齊梁文風，比劉勰更激烈。他還提出「文章當以理致為心腎，氣調為筋骨，事義為皮膚，華麗為冠冕」，主張創作態度應嚴謹，重視作家人格修養以及作文要不失體裁。他關於文章原本於《五經》的觀點，與劉勰《文心雕龍・宗經》所述觀點一致。書中，顏之推也承認，當時文章在音律、對偶方面的講究，是一種歷史的進步，倡導「宜以古之制裁為本，今之辭調為末，並須兩存，不可偏棄」，實屬難能可貴。〈音辭〉徵引沈約「三易」說，認為文學創作當易讀誦、易見事、易識字，反對在創作上賣弄學問。

另外，在重道輕器的封建歷史時期，書中對於算術、醫學都給予了應有的重視。該書中也有一些糟粕，如〈兄弟〉中說兄弟好比居室，妻子好比風雨，要防止妻子破壞兄弟的感情，就如防止風雨侵蝕居室一樣。〈歸心〉中則大力宣傳迷信的因果報應。

從文學角度說，該書多是質樸的散文，行文如話家常，又不失委婉典雅，動之以情，曉之以理，恰到好處。書中常用夾敘夾議的方法，為證明自己的主張，援引一些生動的事例。如〈涉務〉中寫建康令王復「性既儒雅，未嘗乘騎，見馬嘶噴陸梁，莫不震懾，乃謂人曰：

『正是虎，何故名為馬乎？』」刻畫頗為生動傳神。

《顏氏家訓》問世後，流傳十分廣泛。除了儒家大肆宣傳、佛教徒屢作徵引外，內容的豐富也是它易於流傳的重要原因。

# 巾幗讚歌〈木蘭詩〉

木蘭代父從軍是一個流傳久遠、影響廣泛的民間故事，而其原典即是這首〈木蘭詩〉。後人還將其改編成戲曲，演唱不衰，使之成為光彩照人、英氣勃勃的巾幗英雄形象，成為婦女解放、追求男女平等的一面旗幟，「木蘭」這個名字成了女中英傑的代名詞。這首詩最早見之於南朝陳代釋智匠所編《古今樂錄》，後被收入宋朝郭茂倩編輯的《樂府詩集・橫吹曲辭・梁鼓角橫吹曲》，因而至少可以斷定它產生於陳代或陳代以前，從詩中描寫的故事內容及相關背景又可確定其為北朝民歌，但有可能在流傳中經過文人修飾整理。

唧唧復唧唧，木蘭當戶織。不聞機杼聲，唯聞女嘆息。問女何所思？問女何所憶？女亦無所思，女亦無所憶。昨夜見軍帖，可汗大點兵，軍書十二卷，卷卷有爺名。阿爺無大兒，木蘭無長兄，願為市鞍馬，從此替爺征。東市買駿馬，西市買鞍韉，南市買轡頭，北市買長鞭。旦辭爺娘去，暮宿黃河邊。不聞爺娘喚女聲，但聞黃河流水鳴濺濺。旦辭黃河去，暮至黑山頭。不聞爺娘喚女聲，但聞燕山胡騎聲啾啾。萬里赴戎機，關山度若飛。朔氣傳金柝，寒光照鐵衣。將軍百戰死，壯士十年歸。歸來見天子，天子坐明堂。策勳十二轉，賞賜百千強。可汗問所欲，木蘭不用尚書郎。願藉明駝千里足，送兒還故鄉。爺娘聞女來，出郭相扶將。阿姊聞妹來，當戶理紅妝。小弟聞姊來，磨刀霍霍向豬羊。開我東閣門，坐我西閣床。脫我戰時袍，著我舊時裳。當窗理雲鬢，對鏡貼花黃。出門看夥伴，夥伴皆驚惶。同行十二年，不知木蘭是女郎！雄兔腳撲朔，雌兔眼迷離。雙兔傍地走，安能辨我是雄雌？

全詩可分為四個部分：第一部分（「唧唧復唧唧」至「從此替爺征」）寫木蘭經過焦慮和思考決定代父從軍。詩中著重描寫了可汗點兵給她帶來的憂慮，因為父親年邁，家中又無適齡男丁，無人能承擔出征打仗的任務，但面對軍書急促催迫，看來形勢又很危急，木蘭毅然決定自己去從軍征戰。這樣既能全孝於父，又可盡忠於國，表現了她的勇敢和自我犧牲精神。

第二部分（「東市買駿馬」至「壯士十年歸」）寫從軍的準備和出征打仗的經過。作品極力鋪寫一家人為木蘭出征忙忙碌碌的情景，那些出徵所用物品本可以在一處就購置齊全，但把東西南北四市都寫到了，這一方面表現出家人對木蘭出征的高度重視，另一方面也渲染了戰爭迫近的緊張氣氛。這種鋪張誇飾的方法是樂府詩歌常用的，於理似有不通，於情卻必不可少，具有其他藝術手段不能代替的作用。

接著，作品描寫了木蘭出征的行程及其思親想家的情懷，著意於揭示她溫柔善良的女兒心性。這首詩表面上是以木蘭從軍為核心，而且戰爭進行了長達十年的時間，但實際上直接描寫征戰的筆墨極少，只用「萬里赴戎機」等六句便一帶而過，可謂惜墨如金。但雖簡練，卻不失如虹氣勢，甚至讓人感到正是這樣的「淡化」處理，方能更有效力地突出其英雄品格與能力。

第三部分（「歸來見天子」至「送兒還故鄉」）寫木蘭完成了從軍使命，而且建立了極大功勳，還朝受賞。這個內容本應成為英雄特寫，亦應多花費些筆墨，但也只用了八句，似僅僅為了過程的完整性而作必要交代。這段文字給人以觸動的是木蘭淡泊名利的灑脫胸懷，她渴望能夠早日回到故鄉，與家人團聚。此處呼應了開頭木蘭從軍的動機，她沒有任何私人目的，因而能夠不以勳業縈心，更不用它作資本提出要求，表現了她純真高尚的情操。

第四部分（「爺娘聞女來」至「安能辨我是雄雌」）寫木蘭十年征戰一朝還家的激動與喜悅的情景。作品用排比句式極力渲染家人迎接她回家的快樂，更寫出木蘭女回到自己舊日居住的房間，脫去征袍，重現女兒身時那種親切喜悅輕鬆的心情。同伴們驚詫的神態與言辭不僅告訴我們，木蘭作為一個女性在剛剛過去的戰爭中與男子表現得一樣勇敢、堅強，也蘊含著對她作為女中英傑的讚嘆，還間接傳達了經歷了戰爭考驗的木蘭重新回歸往日生活時的驕傲自豪與自在快樂。

總之，木蘭是一個極其光彩和感人的女性形象。她身上有勤勞善良、深明大義、勇敢頑強的普通勞動人民的美。她在父老弟幼的情況下自願女扮男裝，代父從軍，並在女性幾乎從不涉足的戰爭中，憑藉高超的武功和非凡的智慧，立下卓越功勳。但作品著墨更多、更欲突出的，是她作為一個普通勞動女性淳樸真摯的愛國愛家之情，並把這種愛的描寫，滲透到作品的各個部分，這是她英雄主義精神與行為的基礎和底蘊。作品還以幾乎同樣多的筆墨，表現了木蘭豐富、細膩的女性性別美與情感美，使她的形象具有相當濃厚的人情味和生活氣息。

這首詩在藝術上的特點，也是鮮明而突出的，具有民歌「明轉出天然」的特徵，風格鬆爽流麗，卻又樸厚。具體而言有以下兩點值得重視：

第一，作為一首成功的敘事詩，它的敘事線索十分清晰，採用單線敘述，以木蘭從軍過程中發生的事件為情節，以事件發生、發展的先後為順序；同時又大膽剪裁，詳略得當，從而使結構更為緊湊，重點更為突出。如詩中描寫木蘭十年征戰與功成還朝兩個情節僅用十六句，這本是突出其英雄品格的極重要的材料。而詩中所餘的四十七句都是用來描寫木蘭豐富的情感世界的，突出表現了她的盡忠全孝的責任感，思親念家的純真與幼稚，以及質樸真率的生活理想與追求。這種詳略的不同取捨和安排，使木蘭形象得到了有力突出。

第二，作品使用了多種修辭手法和表達方式，使語言既流暢自然又生動感人。從修辭方面看，詩中運用的方法：有鋪排，如「東市買駿馬」以下四句，「爺娘聞女來」以下六句等；有對偶，如「當窗理雲鬢，對鏡貼花黃」，「朔氣傳金柝，寒光照鐵衣」等；有比喻，如「雄兔腳撲朔，雌兔眼迷離」；有頂針，如「軍書十二卷，卷卷有爺名」等；有誇張，如「萬里赴戎機，關山度若飛」。但這些修辭手法使用起來，並不給人堆砌雕琢之感，而是十分貼切嫻熟的，取得了積極效果。另外，作品的韻律有明顯的民間歌謠特點，不避重字，通篇除開頭數句押仄韻，其餘都平韻相轉，而且轉得很自然，鏗鏘和諧，具有音樂美。

# 魏晉南北朝的女詩人

魏晉南北朝時期，由於政治氣氛的動盪與喧嘩不安，形成了多元發展的文化形態。在這種文化環境下，人們追求精神上的自由解放，追求思想主體的平等對話，個體的個性得到張揚。這樣，魏晉南北朝的詩壇上就湧現了大量的女詩人，如：甄氏、謝道韞、鮑令暉、樂昌公主、王淑英妻劉氏、蘇惠等。她們有才情，有風雅，有個性，成為當時文壇上一道美麗的風景線。應該說，她們作為作家的大量湧現，以及她們的創作風格，都是與當時的文化氛圍、社會思潮分不開的。

甄氏，三國魏中山無極（今河北無極縣西）人。上蔡令甄逸之女，名不詳。三歲喪父，九歲時喜好讀書。建安中，嫁於袁紹次子袁熙。後來曹操滅袁紹，曹丕又納為夫人。生了明帝曹叡和東鄉公主，後因郭皇后進讒，於黃初二年（二二一年）六月被魏文帝曹丕賜死，葬於鄴。魏明帝曹叡即位後，謚為「文昭皇后」。其詩〈塘上行〉相傳是她臨終時所作，也可說是被文帝賜死時的絕命詞。作者以沉痛的筆觸抒發了被棄的哀愁與悲苦。整部作品於陰雲密布中透露出一種刻骨的悲傷之情。「出亦復苦愁，入亦復苦愁。邊地多悲風，樹木何修修。從君致獨樂，延年壽千秋。」結尾更是令人不忍卒讀。所以，明代徐禎卿《談藝錄》比較了〈塘上行〉與〈浮萍篇〉之後說：「詩殊不能受瑕。工拙之間，相去無幾，頓自絕殊。」對甄氏此詩，給予了較高評價。

鮑令暉，南朝宋女詩人。生卒年不詳，四六四年前後在世，東海（今江蘇漣水縣北）人。她是著名文學家鮑照之妹，擅長寫擬古詩，很有才思。鮑照曾答宋孝武帝劉駿云：「臣妹才自亞於左棻，臣才不及太衝（左思）爾。」這是鮑照對妹妹的評價，其中似含謙抑，實為褒揚。鍾嶸《詩品》卷下稱鮑令暉詩「往往嶄絕清巧，擬古尤勝」。她著有《香茗賦集》已佚。現存〈擬青青河畔草〉、〈擬客從遠方來〉、〈題書後寄行人〉等詩七首，多為思婦詩，情思委婉，感情細膩，語言清純。總的來說，鮑令暉的詩風顯示出女詩人特有的細膩與柔情。試讀其〈題書後寄行人〉：

自君之出矣，臨軒不解顏。
砧杵夜不發，高門晝常關。
帳中流熠耀，庭前華紫蘭。
物枯識節異，鴻來知客寒。
遊用暮冬盡，除春待君還。

這首詩「獨語長深、情衷淺貌」，語言淡雅而情思綿長，表達了詩人內心的思念之情。

又如〈古意贈今人〉：「荊揚春早和，幽冀猶霜霰。北寒妾已知，南心君不見。誰為道辛苦？寄情雙飛燕。形迫杼煎絲，顏落風催電。」不僅寫出一顆堅貞的心靈，道出思君的情意，更體現了她「嶄絕清巧」的創作風格，想象豐富，形象巧麗。

樂昌公主，是南朝陳後主之妹，太子舍人徐德言之妻。她給後世留下的不僅是一首〈餞別自解〉詩，而且還有一個美麗哀婉的愛情故事。「破鏡重圓」是對這首詩最初也是最好的解釋。這個成語的來歷與樂昌公主的不幸遭遇有關。陳末，隋文帝為統一天下，命令晉王楊廣率軍南征。陳後主聽到消息後不以為然，認為長江天險，萬無一失。徐德言知陳國將亡，就對妻子樂昌公主說：「以你的才華和容貌，國亡後必定被擄入權豪之家，咱倆就要永遠分手了。如果情緣未斷有幸還能再見，應該有信物作見證。」於是把一面銅鏡打破，各執一半。作為他日重見的信物。陳亡後，兩人果然走散了。樂昌公主被隋大臣楊素所得，大受寵愛。後來，徐德言流落到長安，在正月十五這天，見一老僕人拿著那半面鏡子正在高價出賣，便拿出另一半相拼合，並悲喜交加地題詩說：「鏡與人俱去，鏡歸人不歸。無復嫦娥影，空留明月輝。」公主看到詩後，悲泣不食，將實情告訴了楊素。

楊素準備把公主還給徐德言，並擺設酒席讓他們夫妻團圓。席上，楊素叫公主作詩，公主就寫下了〈餞別自解〉這首詩：「今日何遷次，新官對舊官。笑啼俱不敢，方驗作人難。」此詩寫出了當時場面的尷尬，及作者不敢哭不敢笑左右為難的複雜心境。淒婉動人，哀楚動情。語言平白直樸，但又深沉悽愴，是一首難得的好詩。

蘇伯玉妻，姓名籍貫生平均不詳，一說是漢人，一說是晉人。留世作品有〈盤中詩〉，載於《玉臺新詠》，是傾訴夫妻之情的佳作。蘇伯玉出使西蜀，久而不歸，妻居長安，非常思念，特寫此詩以寄懷念之情。全詩二十七韻，四十九句，一百六十七字，婉轉纏綿，情真意切。因寫於盤中，故稱之曰「盤中詩」。這首詩因其形式創新，內容真切感人，從而具有獨立存在的價值。

同樣以形式創新而留名後世的還有女詩人蘇蕙，字若蘭，始平（今陝西興平縣東）人。

她的生卒年不詳，是十六國時前秦女詩人，其作〈璇璣圖詩〉共八百四十一字，反讀、橫讀、斜讀、交互讀，退一字讀，進一字讀，皆成詩章。有人說可得詩二百餘首，亦有說可得八百首、三千七百首和七千九百首不等。內容都是描述日常生活和夫妻感情的。武則天稱其「才情之妙，超今邁古」。蘇蕙以此詩著名於世，後人有仿效者，遂成文字遊戲。另有文詞五千餘言，已佚。

此外的女詩人，還有宋女、王玉京、濭滿願、王金珠、江總妻等。總之，六朝詩壇上，女詩人如群星閃爍。如果那個社會思想更為解放，社會更為開明，那麼她們必將放射出更為燦爛的光芒。

讀故事．學文學

# 魏晉南北朝文學故事 下冊


編　　著　范中華
版權策劃　李　鋒

發 行 人　林慶彰
總 經 理　梁錦興
總 編 輯　張晏瑞
編 輯 所　萬卷樓圖書(股)公司
排　　版　鄭　薇
封面設計　鄭　薇
印　　刷　百通科技(股)公司

發　　行　昌明文化有限公司
桃園市龜山區中原街32號
電　　話　(02)23216565
傳　　真　(02)23218698
電　　郵
SERVICE@WANJUAN.COM.TW
大陸經銷
廈門外圖臺灣書店有限公司
電　　郵
香港經銷
香港聯合書刊物流有限公司
電　　話(852)21502100
傳　　真(852)23560735

ISBN 978-986-91874-5-9
2020年10月初版四刷
2015年 9月初版一刷
定價：新臺幣250元

如何購買本書：
1.劃撥購書，請透過以下帳號
帳號：15624015
戶名：萬卷樓圖書股份有限公司
2.轉帳購書，請透過以下帳戶
合作金庫銀行古亭分行
戶名：萬卷樓圖書股份有限公司
帳號：0877717092596
3.網路購書，請透過萬卷樓網站
網址 WWW.WANJUAN.COM.TW
大量購書，請直接聯繫，將有專人為您服務。(02)23216565 分機10





國家圖書館出版品預行編目資料

魏晉南北朝文學故事 / 范中華編著.
-- 初版. -- 桃園市：昌明文化出版；
臺北市：萬卷樓發行, 2015.09
冊；　公分. -- (讀故事.學文學)
ISBN 978-986-91874-5-9(上冊：平裝)

857.63　　104017773